魯迅 著

豐子愷 繪

彷徨

新編

繪圖註本

孫立川 註

目錄

導讀

孫立川

《彷徨》是魯迅繼《吶喊》之後出版的第二部短篇小說集，全書收入作者於一九二四至一九二五年所作小說十一篇。一九二八年八月由北平北新書局初版，列為作者所編《烏合叢書》之一。（見附《彷徨》初版封面），從這個意義上而言，《彷徨》可視作為《吶喊》的姐妹篇。

時隔七年之後，魯迅在〈《自選集》自序〉中說過：「我做小說，是開手著於一九一八年，《新青年》上提倡『文學革命』的時候的。這一種運動，現在固然已經成為文學史上的陳迹了，但在那時，卻無疑地是一個革命的運動。我的作品在《新青年》上，步調是和大家大概一致的，所以我想，這些確可以算作那時的『革命文學』。」但他對當時所謂的「文學革命」其實並沒有怎樣過激的熱情。

反而更多的是「失望」的同時，卻又對改革暮氣沉沉的老中國還抱着一種希望：「絕望之為虛妄，正與希望相同。」這句他譯自裴多菲在一八四七年七月十七日致友人弗里傑什·凱雷爾信中的話，魯迅自己也在《野草·希望》中曾引用過。他將《吶喊》的作品稱作是「遵命文學」。「不過，我所遵奉的是那時革命的前驅者的命令也是我自己所願意遵奉的命令，決不是皇上的聖旨，也不是金元和真的指揮刀。（見《自選集·自序》）

然而，不過數年時間，《新青年》的一批志同道合的戰友就已分道揚鑣，「有的高升，有的退隱，有的前進，我又經驗了一回同一戰陣中的夥伴還是會這麼變化」。因而，他開始寫雜文、散文詩，也續寫短篇小說，他叩問：「新的戰友在哪裏呢？」這似乎是在激情燃燒之後的一種冷靜的反思。「路漫漫其修遠兮，吾將上下而求索」，屈原的《離騷》中的詩句，可以說就反映了他當時的思想，於是，他把這種反映自己心跡的小說一篇篇地寫了出來，將之結集，名之曰《彷徨》。

從《吶喊》的激情到《彷徨》的苦悶與沉思，正是「五四運動」由興起到轉入退潮的時期。《彷徨》所收的十一篇小說，都是一九二四至一九二五年所作，大都是發表在雜誌及報紙副刊上。有意思的是，《吶喊》的前半作品多發表於北京的《新青年》上，而後半的篇幅則與《彷徨》前半的作品基本上發表在《東方雜誌》、《小說月報》和《婦女雜誌》，這三本雜誌都是上海的商務印書館的旗下刊物，但小說所描繪的內容卻多是寫作於北京的。譬如《祝福》發表於《東方雜誌》、《在酒樓上》發表在《小說月報》上，《幸福的家庭》則在《婦女雜誌》上發表。

《肥皂》等小說是在北京的報刊雜誌上發表的，如《晨報副刊》、《語絲週刊》、《京報副刊》、《莽原週刊》、《民國日報》等。一九二四至一九二五年兩年間是魯迅創作的旺盛時期，《彷徨》中的十一篇，有四篇是一九二四年寫的，餘下的七篇則寫於一九二五年。而一九二五年之後，陳源、顧頡剛、徐志摩等為代表的雜誌《現代評論》（一九二四年十二月創刊）所結成的同人被稱為「現代評論派」，他們與魯迅、周作人、錢玄同、林語堂為代表的「語絲派」經常論戰，所以在小說《高老夫子》等篇中，魯迅時時會隨手「刺」他們一下。一九二六年北京發生的「3·18事件」發生後，傳聞佔據北京的奉系軍閥要緝捕魯迅等支持女師大學生運動的教授，魯迅只好「逃出北京，躲進廈門，只在廈門大學的大樓上寫了幾則《故事新編》和十篇《朝花夕拾》。」（參見魯迅〈自選集《自序》〉）

《彷徨》寫作的年代，距一九一九年五四運動的發生已有五年左右的時間，這正反映了魯迅在經歷了一九一一年的「辛亥革命」和八年後的「五四運動」所引發的文化新運動之後的反思與思想變化，他對辛亥革命對中國社會的推動與改革開始抱有疑惑的態度，因為這場革命似乎只是「剪掉了一條辮子」，其他的一切都沒有變化，尤其是農村中的宗法社會依然故我；其二，新文化運動中一起並肩奮鬥的同道者們的分化，使這批抱有改革初心的知識分子作「鳥獸散」的情景也使魯迅對先前的「希望」有了疑慮的態度，這就是有人指摘的「魯迅多疑」。讀者可以參照這段時間他所寫的散文詩《野草》、《熱風集》等雜文來互相觀照，這對於讀懂《彷徨》，理解魯迅怎樣由反封建宗法制度的憤激開始，轉而對新革命質疑的心路歷程會有一個更深入的了解，也是對他之前所服膺的西方「進化論」在與老舊中國頑固的現實社會相遭遇時怎樣被「轟毀」有了更形象的理解。後者的這個思想轉變對魯迅的文學創作有相當大的影響。

魯迅自己對《彷徨》作品所表現的「冷」（漠）的這種思想也不認同：「並不願將自以為苦的寂寞，再來傳染給也如我那年青時候似的正做着好夢的青年」（參見〈《自選集》自序〉）。他希望寫作《彷徨》時並不太好的心態，「願以後不再這模樣」。這種心境與取態，「然而這又不似做那《吶喊》時候的故意的隱瞞，因為我相信，現在和將來的青年是不會有這樣的心境的了。」這句話即是一個心證。《吶喊》寫作時，魯迅刻意「刪削些黑暗，裝點些歡容，使作品比較的顯出若干亮色」。然而《彷徨》終歸是魯迅在經歷了同一戰陣中的夥伴的變化之後，在小說創作上表現了新的手法變化。他自言：「得到較整齊的材料，則還是做短篇小說，只因為成了游勇，佈不成陣了，所以技術雖然比先前好一些，思路也似乎較無拘束，而戰鬥的意氣卻冷得不少。」因此，可以說《彷徨》較之《吶喊》在藝術上更有突破。

就題材而言，魯迅最熟悉的是農村與知識分子，尤其是故鄉和他工作過的北京二地。開首的第一篇是《祝福》，其背景就是紹興的鄉土，所描寫的是一個農村寡婦的悲慘遭遇。隨後的《在酒樓上》則是描寫故鄉的知識分子在辛亥革命後的人生及思想變化。其後，這二種題材構成了《彷徨》的全部小說意象及主題。描寫農村的是：《祝福》、《長明燈》、《離婚》及《示眾》，可以說是中國最早的鄉土文學的佳篇。而以知識分子作為描寫對象及主人公的，則有《在酒樓上》、《幸福的家庭》、《肥皂》、《高老夫子》、《孤獨者》、《傷逝》與《弟兄》共七篇，後者在技巧上確勝前籌，尤其是《在酒樓上》一篇，被評為魯迅寫得最好的一篇短篇小說。而魯迅在一九三三年三月於上海天馬書店出版的《魯迅自選集》中也選了《彷徨》中的五篇：《在酒樓上》、《肥皂》、《示眾》、《傷逝》和《離婚》。可見他認為這五篇是寫得較好的短篇。

另外，《彷徨》的謀篇佈局，人物速寫的簡約傳神、文字的獨具一格，均是可圈可點的，應當予以評價的。所謂的「魯迅風」雜文是時評的「匕首」與「投槍」，但小說的文學作品在當時的社會意義更為彰顯，魯迅也因他的小說創作成就而被視為中國現代文學的第一人。《彷徨》是《吶喊》的姐妹篇，這二部短篇小說集構成了「文學魯迅」的奠基石，其實也是中國現代文學的經典之作。

十多年前，新編繪圖註本《吶喊》以魯迅原著為本，配以豐子愷先生為魯迅小說繪的插圖百幀以上，圖文並茂，鄙人忝附驥尾，為此部小說集作註釋及撰寫題解。不意竟甚受香港讀者青睞，可見魯迅先生與豐子愷先生的雙珠合璧，雖歷經滄桑之洗禮，依然魅力無盡。今次這本新編繪圖註本《彷徨》仍沿襲《吶喊》本版式之風格。但豐子愷先生所畫魯迅小說插圖大都是為《吶喊》中的小說所畫，尤其是《阿Q正傳》為最夥。《彷徨》一書中卻只有《祝福》一篇才有豐子愷先生的插圖。為了保持二本書插圖者的風格一致，特地從豐子愷先生的畫集中精選一部份佳作（以浙東風情，民國時代風物為主）配入書中，期為本書增色非凡，以饗喜愛魯迅著作與豐子愷先生藝術的讀者們！

二〇一六年十二月杪初稿

二〇一七年元月第二稿

書首題辭

屈原[1]：《離騷》[2]

朝發軔[3]於蒼梧[4]兮，夕余至乎縣圃[5]；欲少留此靈瑣[6]兮，日忽忽其將暮。吾令羲和[7]弭節[8]兮，望崦嵫[9]而勿迫；路漫漫其修遠兮，吾將上下而求索。

(1) 屈原約公元前三四〇年？—二七八年？），楚國丹陽（今湖北秭歸）人，戰國後期的楚國詩人。長詩《離騷》為他最著名的詩歌代表作。他又是楚國的政治家。《離騷》中自云：「名余曰正則兮，字余曰靈均。」考其名平，字原，舊稱為「屈原」。因《離騷》出自「屈原」之作，是中國詩歌史上第一位具名詩人，故屈原又被稱為「中國古典詩歌第一人」。楚懷王時，屈原曾官左徒，由於他的政治主張為當朝的貴族集團所排斥而屢遭迫害，因小人之讒言而蒙難。後又被頃襄王放逐到沅、湘流域，坎坷流離，憤而作長詩《離騷》。傳說中他以投身汨羅江自盡，被後世人尊為「愛國詩人」，遂有端午節裹粽子以紀念屈原的節日，此風俗一直沿襲至今，稍後也流傳到韓國等地。

(2) 此段題辭引自《離騷》第七部份。

(3) 軔，止住車輪的木墊，原詩為「出發」之意。
(4) 又名九疑山，今湖南省寧遠縣境內，傳說舜死後葬於此。
(5) 又作「懸圃」，古神話中的山名，在崑崙山中部。
(6) 神仙居住的宮門。瑣：門上刻的花紋，此處指代為門。
(7) 神話傳說中給太陽駕車的神。
(8) 弭為停車之意，節即馬鞭。
(9) 神話傳給中指太陽落下的山。

題解：本書收作者一九二四年至一九二五年所作小說十一篇。一九二六年八月由北京北新書局初版，列為作者所編的《烏合叢書》之一。魯迅從《離騷》中摘出其中一段的詩句作為本書開篇的題辭，可能是在表達與本書命題的《彷徨》所引申的深意——自己常有着忿激、無助的心情，卻懷抱追求新時代的一種永不言休的決心，他後來在一九三二年十二月所寫的《自選集·自序》（見《南腔北調集》）中曾對之有過說明。

一九二六年八月
北京北新書局出版

祝福[1]

舊曆的年底畢竟最像年底，村鎮上不必說，就在天空中也顯出將到新年的氣象來。灰白色的沉重的晚雲中間時時發出閃光，接着一聲鈍響，是送灶[2]的爆竹；近處燃放的可就更強烈了，震耳的大音還沒有息，空氣裏已經散滿了幽微的火藥香。我是正在這一夜回到我的故鄉魯鎮的。雖說故鄉，然而已沒有家，所以只得暫寓在魯四老爺的宅子裏。他是我的本家，比我長一輩，應該稱之曰「四叔」，是一個講理學的老監生[3]。他比先前並沒有甚麼大改變，單是老了些，但也還未留鬍子，一見面是寒暄，寒暄之後說我「胖了」，說我「胖了」之後即大罵其新黨(4)。但我知道，這並非借題在罵我：因為他所罵的還是康有為(5)。但是，談話是總不投機的了，於是不多久，我便一個人剩在書房裏。

第二天我起得很遲，午飯之後，出去看了幾個本家和朋友；第三天也照樣。他們也都沒有甚麼大改變，單是老了些；家中卻一律忙，都在準備着「祝福」。

---

〔1〕浙江民間每年歲暮時的習俗。清代范寅《越諺．風俗》說：「祝福，歲暮謝年、謝神祖，名此。」

〔2〕農曆十二月二十四日，民間習俗以為竈神（又稱竈君、竈王）昇天的日子，舊俗以此日或前一日要祭送竈神，有的地方要供奉麥芽糖，意欲封住大竈神的口，以免上天去說此戶人家的壞話。

〔3〕宋代周敦頤、程顥、程頤、朱熹等創立「理學」闡釋儒家學說。監生即是國子監生員的簡稱。國子監原是中央最高學府的稱呼，清代乾隆朝以後，監生不一定在國子監讀書，可以捐資取得監生名義。

〔4〕清末戊戌變法前主張維新的人被稱為「新黨」，後來又在辛亥革命前後被用來稱呼主張共和的革命黨人及擁護者。

〔5〕康有為（一八五八至一九二七），字廣廈，號長素，廣東南海人，故人稱其為「康南海」。清末君主立憲維新運動的領袖。一八九八年康有為與梁啟超、譚嗣同等受光緒皇帝任用，參與中樞，試行變法，因遭到慈禧太后、榮祿等保守派的鎮壓而失敗，譚嗣同等六君子被殺，康、梁等亡命國外。後來，康有為在國外組織保皇黨，反對孫中山的民主革命運動。著有《大同書》等著作。

這是魯鎮年終的大典，致敬盡禮，迎接福神，拜求來年一年中的好運氣的。殺雞，宰鵝，買豬肉，用心細細的洗，女人的臂膊都在水裏浸得通紅，有的還帶着絞絲銀鐲子。煮熟之後，橫七豎八的插些筷子在這類東西上，可就稱為「福禮」了，五更天陳列起來，並且點上香燭，恭請福神們來享用；拜的卻只限於男人，拜完自然仍然是放爆竹。年年如此，家家如此，——只要買得起福禮和爆竹之類的，——今年自然也如此。天色愈陰暗了，下午竟下起雪來，雪花大的有梅花那麼大，滿天飛舞，夾着煙靄和忙碌的氣色，將魯鎮亂成一團糟。我回到四叔的書房裏時，瓦楞上已經雪白，房裏也映得較光明，極分明的顯出壁上掛着的朱搨的大「壽」字，陳摶[6]老祖寫的；一邊的對聯已經脫落，鬆鬆的捲了放在長桌上，一邊的還在，道是「事理通達心氣和平」[7]。我又無聊賴的到窗下的案頭去一翻，只見一堆似乎未必完全的《康熙字典》[8]，一部《近思錄集註》[9]和一部《四書襯》[10]。無論如何，我明天決計要走了。

況且，一想到昨天遇見祥林嫂的事，也就使我不能安住。那是下午，我到鎮的東頭訪過一個朋友，走出來，就在河邊遇見她；而且見她瞪着的眼睛的視線，就知道明明是向我走來的。我這回在魯鎮所見的人們中，改變之大，可以說無過於她的了：五年前的花白的頭髮，即今已經全白，會不像四十上下的人；臉上瘦削不堪，黃中帶黑，而且消盡了先前悲哀的神色，彷佛是木刻似的；只有那眼珠間或一輪，還可以表示她是一個活物。她一手提着竹籃。內中一個破碗，空的；一手拄着一支比她更長的竹竿，下端開了裂：她分明已經純乎是一個乞丐了。

我就站住，豫備她來討錢。

〔6〕五代時宋真源人。後唐末，舉進士不第，遂隱於武當山九室巖，服氣避穀。移居華山。周世宗召為諫議大夫，不受。好讀《易》，自號扶搖子。後人附會其為「神仙」，著有《高陽集》、《釣潭集》等。

〔7〕語見朱熹《論語集註．季氏》篇中，朱在「不學詩無以言」和「不學禮無以立」句下分別註曰：「事理通達而心氣和平，故能言。」

〔8〕清代康熙朝張玉書、陳廷敬等奉旨編纂的大字典，於康熙五十五年（一七一六）年刊行。

〔9〕《近思錄》為宋代朱熹、呂祖謙選錄程顥、程頤、周敦頤、張載等四人的文字編成，共十四卷，被視為理學入門之書。清初茅星來與江永分別為之作過集註。

〔10〕清代駱培著，解說《論語》、《孟子》、《大學》、《中庸》。

「你回來了？」她先這樣問。

「是的。」

「這正好。你是識字的，又是出門人，見識得多。我正要問你一件事——」

她那沒有精彩的眼睛忽然發光了。

我萬料不到她卻說出這樣的話來，詫異的站着。

「就是——」她走近兩步，放低了聲音，極秘密似的切切的說，「一個人死了之後，究竟有沒有魂靈的？」

我很悚然，一見她的眼釘着我的，背上也就遭了芒刺一般，比在學校裏遇到不及豫防的臨時考，教師又偏是站在身旁的時候，惶急得多了。對於魂靈的有無，我自己是向來毫不介意的；但在此刻，怎樣回答她好呢？我在極短期的躊躕中，想，這裏的人照例相信鬼，然而她，卻疑惑了，——或者不如說希望：希望其有，又希望其無……。人何必增添末路的人的苦惱，為她起見，不如說有罷。

「也許有罷，——我想。」我於是吞吞吐吐的說。

「那麼，也就有地獄了？」

「一個人死了之後，究竟有沒有魂靈？」

「啊！地獄？」我很吃驚，只得支梧着，「地獄？——論理，就該也有。——然而也未必，……誰來管這等事……。」

「那麼，死掉的一家的人，都能見面的？」

「唉唉，見面不見面呢？……」這時我已知道自己也還是完全一個愚人，甚麼躊躇，甚麼計劃，都擋不住三句問。我即刻膽怯起來了，便想全翻過先前的話來，「那是，……實在，我說不清……。其實，究竟有沒有魂靈，我也說不清。」

我乘她不再緊接的問，邁開步便走，匆匆的逃回四叔的家中，心裏很覺得不安逸。自己想，我這答話怕於她有些危險。她大約因為在別人的祝福時候，感到自身的寂寞了，然而會不會含有別的甚麼意思的呢？——或者是有了甚麼豫感了？倘有別的意思，又因此發生別的事，則我的答話委實該負若干的責任……。但隨後也就自笑，覺得偶爾的事，本沒有甚麼深意義，而我偏要細細推敲，正無怪教育家要說是生着神經病；而況明明說過「說不清」，已經推翻了答話的全局，即使發生甚麼事，於我也毫無關係了。

「說不清」是一句極有用的話。不更事的勇敢的少年，往往敢於給人解決疑問，選定醫生，萬一結果不佳，大抵反成了怨府，然而一用這說不清來作結束，便事事逍遙自在了。我在這時，更感到這一句話的必要，即使和討飯的女人說話，也是萬不可省的。

但是我總覺得不安，過了一夜，也仍然時時記憶起來，彷彿懷着甚麼不祥的豫感；在陰沉的雪天裏，在無聊的書房裏，這不安愈加強烈了。不如走罷，明天進城去。福興樓的清燉魚翅，一元一大盤，價廉物美，現在不知增價了否？往日同遊的朋友，雖然已經雲散，然而魚翅是不可不吃的，即使只有我一個……。無論如何，我明天決計要走了。

我因為常見些但願不如所料，以為未必竟如所料的事，卻每每恰如所料的起來，所以很恐怕這事也一律。果然，特別的情形開始了。傍晚，我竟聽到有些人聚在內室裏談話，彷彿議論甚麼事似的，但不一會，說話聲也就止了，只有四叔且走而且高聲的說：

「不早不遲，偏偏要在這時候，——這就可見是一個謬種！」

我先是詫異，接着是很不安，似乎這話於我有關係。試望門外，誰也沒有。

「怎麼死的？」——「還不是窮死的？」

好容易待到晚飯前他們的短工來沖茶，我才得了打聽消息的機會。

「剛才，四老爺和誰生氣呢？」我問。

「還不是和祥林嫂？」那短工簡捷的說。

「祥林嫂？怎麼了？」我又趕緊的問。

「老了。」

「死了？」我的心突然緊縮，幾乎跳起來，臉上大約也變了色。但他始終沒有抬頭，所以全不覺。我也就鎮定了自己，接着問：

「甚麼時候死的？」

「甚麼時候？——昨天夜裏，或者就是今天罷。——我說不清。」

「怎麼死的？」

「怎麼死的？——還不是窮死的？」他淡然的回答，仍然沒有抬頭向我看，出去了。

然而我的驚惶卻不過暫時的事，隨着就覺得要來的事，已經過去，並不必仰仗我自己的「說不清」和他之所謂「窮死的」的寬慰，心地已經漸漸輕鬆；不過偶然之間，還似乎有些負疚。晚飯擺出來了，四叔儼然的陪着。我也還想打聽些關於祥林嫂的消息，但知道他雖然讀過「鬼神者二氣之良能也」(11)，而忌諱仍然極多，當臨近祝福時候，是萬不可提起死亡疾病之類的話的；倘不得已，就該用一種替代的隱語，可惜我又不知道，因此屢次想問，而終於中止了。我從他儼然的臉色上，又忽而疑他正以為我不早不遲，偏要在這時候來打攪他，也是一個謬種，便立刻告訴他明天要離開魯鎮，進城去，趁早放寬了他的心。他也不很留。這樣悶悶的吃完了一餐飯。

冬季日短，又是雪天，夜色早已籠罩了全市鎮。人們都在燈下匆忙，但窗外很寂靜。雪花落在積得厚厚的雪褥上面，聽去似乎瑟瑟有聲，使人更加感得沉寂。我獨坐在發出黃光的菜油燈下，想，這百無聊賴的祥林嫂，被人們棄在塵芥堆中的，看得厭倦了的陳舊的玩物，先前還將形骸露在塵芥裏，從活得有趣的人們看來，恐怕要怪訝她何以還要存在，現在總算被無常(12)打掃得乾乾淨淨了。魂靈的有無，我不知道；然而在現世，則無聊生者不生，即使厭見者不見，為人為己，也還都不錯。我靜聽着窗外似乎瑟瑟作響的雪花聲，一面想，反而漸漸的舒暢起來。

然而先前所見所聞的她的半生事蹟的斷片，至此也聯成一片了。

她不是魯鎮人。有一年的冬初，四叔家裏要換女工，做中人的衛老婆子帶她進來了，頭上紮着白頭繩，烏裙，藍夾襖，月白背心，年紀大約二十六七，臉色青黃，但兩頰卻還是紅的。衛老婆子叫她祥林嫂，說是自己母家的鄰舍，死了當家人，所以出來做工了。四叔皺了皺眉，四嬸已經知道了他的意思，是在討厭她是一個寡婦。但看她模樣還周正，手腳都壯大，又只是順着眼，不開一句口，很像一個安分耐勞的人，便不管四叔的皺眉，將她留下了。試工期內，她整天的做，似乎閒着就無聊，又有力，簡直抵得過一個男子，所以第三天就定局，每月工錢

---

(11) 語見《近思錄》，意謂：鬼神乃陰陽二氣變化而成的。

(12) 佛家語，意謂常起生滅變化而變遷，瞬間亦不停留於相同狀態。有「剎那無常」與「相續無常」二種。特別是指生命的生滅，流轉不定或無奈，又多指人的死亡，迷信傳說中有地獄中的「無常」，亦即「勾魂使者」之名。

五百文。

大家都叫她祥林嫂；沒問她姓甚麼，但中人[13]是衛家山人，既說是鄰居，那大概也就姓衛了。她不很愛說話，別人問了才回答，答的也不多。直到十幾天之後，這才陸續的知道她家裏還有嚴厲的婆婆；一個小叔子，十多歲，能打柴了；她是春天沒了丈夫的；他本來也打柴為生，比她小十歲：大家所知道的就只是這一點。

做中人的衛老婆子帶她進來了

日子很快的過去了，她的做工卻毫沒有懈，食物不論，力氣是不惜的。人們都說魯四老爺家裏僱着了女工，實在比勤快的男人還勤快。到年底，掃塵，洗地，殺雞，宰鵝，徹夜的煮福禮，全是一人擔當，竟沒有添短工。然而她反滿足，口角邊漸漸的有了笑影，臉上也白胖了。

實在比勤快的男人還勤快

(13) 亦即介紹人，有的還兼有擔保人之職。

新年才過，她從河邊淘米回來時，忽而失了色，說剛才遠遠地看見一個男人在對岸徘徊，很像夫家的堂伯，恐怕是正為尋她而來的。四嬸很驚疑，打聽底細，她又不說。四叔一知道，就皺一皺眉，道：

「這不好。恐怕她是逃出來的。」

她誠然是逃出來的，不多久，這推想就證實了。

此後大約十幾天，大家正已漸漸忘卻了先前的事，衛老婆子忽而帶了一個三十多歲的女人進來了，說那是祥林嫂的婆婆。那女人雖是山裏人模樣，然而應酬很從容，說話也能幹，

一個男人在對岸徘徊，很像夫家的堂伯。

寒暄之後，就賠罪，說她特來叫她的兒媳回家去，因為開春事務忙，而家中只有老的和小的，人手不夠了。

「既是她的婆婆要她回去，那有甚麼話可說呢。」四叔說。

於是算清了工錢，一共一千七百五十文，她全存在主人家，一文也還沒有用，便都交給她的婆婆。那女人又取了衣服，道過謝，出去了。其時已經是正午。

「阿呀，米呢？祥林嫂不是去淘米的麼？……」好一會，四嬸這才驚叫起來。她大約有些餓，記得午飯了。

於是算清工錢，一共一千七百五十文。

於是大家分頭尋淘籮。她先到廚下，次到堂前，後到臥房，全不見淘籮的影子。四叔踱出門外，也不見，直到河邊，才見平平正正的放在岸上，旁邊還有一株菜。

看見的人報告說，河裏面上午就泊了一隻白篷船，篷是全蓋起來的，不知道甚麼人在裏面，但事前也沒有人去理會他。待到祥林嫂出來淘米，剛剛要跪下去，那船裏便突然跳出兩個男人來，像是山裏人，一個抱住她，一個幫着，拖進船去了。祥林嫂還哭喊了幾聲，此後便再沒有甚麼聲息，大約給用甚麼堵住了罷。接着就走上兩個女人來，一個不認識，一個就是衛婆子。窺探艙裏，不很分明，她像是捆了躺在船板上。

「可惡！然而……。」四叔說。

這一天是四嬸自己煮午飯；他們的兒子阿牛燒火。

午飯之後，衛老婆子又來了。

「可惡！」四叔說。

「你是甚麼意思？虧你還會再來見我們。」四嬸洗着碗，一見面就憤憤的說，跳出兩個男人來……一個抱住她，一個幫着，拖進船裏去了。

「你自己薦她來，又合夥劫她去，鬧得沸反盈天的，大家看了成個甚麼樣子？你拿我們家裏開玩笑麼？」

「阿呀阿呀，我真上當。我這回，就是為此特地來說說清楚的。她來求我薦地方，我那裏料得到是瞞着她的婆婆的呢。對不起，四老爺，四太太。總是我老發昏不小心，對不起主顧。幸而府上是向來寬洪大量，不肯和小人計較的。這回我一定薦一個好的來折罪……。」

「然而……。」四叔說。

「你拿我家開玩笑麼？」

於是祥林嫂事件便告終結，不久也就忘卻了。

只有四嬸，因為後來僱用的女工，大抵非懶即饞，或者饞而且懶，左右不如意，所以也還提起祥林嫂。每當這些時候，她往往自言自語的說，「她現在不知道怎麼樣了？」意思是希望她再來。但到第二年的新正，她也就絕了望。

新正將盡，衛老婆子來拜年了，已經喝得醉醺醺的，自說因為回了一趟衛家山的娘家，住下幾天，所以來得遲了。她們問答之間，自然就談到祥林嫂。

「她麼？」衛老婆子高興的說，「現在是交了好運了。她婆婆來抓她回去的時候，是早已許給了賀家墺的賀老六的，所以回家之後不幾天，也就裝在花轎裏抬去了。」

「阿呀，這樣的婆婆！……」四嬸驚奇的說。

「阿呀，我的太太！你真是大戶人家的太太的話。我們山裏人，小戶人家，這算得甚麼？她有小叔子，也得娶老婆。不嫁了她，那有這一注錢來做聘禮？他的婆婆倒是精明強幹的女人呵，很有打算，所以就將地嫁到裏山去。倘許給本村新正將盡，衛老婆子來拜年了。

人，財禮就不多；惟獨肯嫁進深山野墺裏去的女人少，所以她就到手了八十千。現在第二個兒子的媳婦也娶進了，財禮只花了五十，除去辦喜事的費用，還剩十多千。嚇，你看，這多麼好打算？……」

「祥林嫂竟肯依？……」

「這有甚麼依不依。——鬧是誰也總要鬧一鬧的；只要用繩子一捆，塞在花轎裏，抬到男家，捺上花冠，拜堂，關上房門，就完事了。可是祥林嫂真出格，聽說那時實在鬧得利害，大家還都說大約因為在念書人家做過事，所以與眾不同呢。太太，我們見得多了：回頭人出嫁，哭喊的也有，說要尋死覓活的也有，抬到男家鬧得拜不成天地的也有，連花燭都砸了的也有。祥林嫂可是異乎尋常，他們說她一路只是嚎，罵，抬到賀家墺，喉嚨已經全啞了。拉出轎來，兩個男人和她的小叔子使勁的擒住她也還拜不成天地。他們一不小心，一鬆手，阿呀，阿彌陀佛，她就一頭撞在香案角上，頭上碰了一個大窟窿，鮮血直流，用了兩把香灰，包上兩塊紅布還止不住血呢。直到七手八腳的將她和男人反關在新房裏，還是罵，阿呀呀，這真是……。」她搖一搖頭，順下眼睛，不說了。

「後來怎麼樣呢？」四嬸還問。

「聽說第二天也沒有起來。」她抬起眼來說。

「後來呢？」

「後來？——起來了。她到年底就生了一個孩子，男的，新年就兩歲了。我在娘家這幾天，就有人到賀家墺去，回來說看見他們娘兒倆，母親也胖，兒子也胖；上頭又沒有婆婆；男人所有的是力氣，會做活；房子是自家的。——唉唉，她真是交了好運了。」

用繩子一捆，塞在花轎裏。

頭上碰了一個大窟窿，鮮血直流。

從此之後，四嬸也就不再提起祥林嫂。

但有一年的秋季，大約是得到祥林嫂好運的消息之後的又過了兩個新年，她竟又站在四叔家的堂前了。桌上放着一個荸薺式的圓籃，簷下一個小鋪蓋。她仍然頭上紮着白頭繩，烏裙，藍夾襖，月白背心，臉色青黃，只是兩頰上已經消失了血色，順着眼，眼角上帶些淚痕，眼光也沒有先前那樣精神了。而

「男人所有的是力氣，房子是自家的，她真是交了好運了。」

且仍然是衛老婆子領着，顯出慈悲模樣，絮絮的對四嬸說：

「……這實在是叫作『天有不測風雲』，她的男人是堅實人，誰知道年紀青青，就會斷送在傷寒上？本來已經好了的，吃了一碗冷飯，復發了。幸虧有兒子；她又能做，打柴摘茶養蠶都來得，本來還可以守着，誰知道那孩子又會給狼銜去的呢？春天快完了，村上倒反來了狼，

又過兩個新年，她竟又站在四叔家的堂前了。

誰料到？現在她只剩了一個光身了。大伯來收屋，又趕她。她真是走投無路了，只好來求老主人。好在她現在已經再沒有甚麼牽掛，太太家裏又湊巧要換人，所以我就領她來。——我想，熟門熟路，比生手實在好得多……。」

「我真傻，真的，」祥林嫂抬起她沒有神采的眼睛來，接着說。「我單知道下雪的時候野獸在山墺裏沒有食吃，會到村裏來；我不知道春天也會有。我一清早起來就開了門，拿小籃盛了一籃豆，叫我們的阿毛坐在門檻上剝豆去。他是很聽話的，我的話句句聽；他出去了。我就在屋後劈柴，淘米，米下了鍋，要蒸豆。我叫阿毛，沒有應，出去一看，只見豆撒得一地，沒有我們的阿毛了。他是不到別家去玩的；各處去一問，果然沒有。我急了，央人出去尋。直到下半天，尋來尋去尋到山墺裏，看見刺柴上掛着一隻他的小鞋。大家都說，糟了，怕是遭了狼了。再進去；他果然躺在草窠裏，肚裏的五臟已經都給吃空了，手上還緊緊的捏着那隻小籃呢。……」她接着但是嗚咽，說不出成句的話來。

四嬸起初還躊躕，待到聽完她自己的話，眼圈就有些紅了。她想了一想，便教拿圓籃和鋪蓋到下房去。衛老婆子彷彿卸了一肩重擔似的噓一口氣；祥林嫂比

「誰知道孩子又會給狼銜去的呢？」

初來時候神氣舒暢些，不待指引，自己馴熟的安放了鋪蓋。她從此又在魯鎮做女工了。

大家仍然叫她祥林嫂。

然而這一回，她的境遇卻改變得非常大。上工之後的兩三天，主人們就覺得她手腳已沒有先前一樣靈活，記性也壞得多，死屍似的臉上又整日沒有笑影，四嬸的口氣上，已頗有些不滿了。當她初到的時候，四叔雖然照例皺過眉，但鑒於向來僱用女工之難，也就並不大反對，只是暗暗地告誡四嬸

尋到山坳裏，看見刺柴上掛着一隻他的小鞋。

「五臟已經都給吃空了，手上還緊緊的捏着那隻小籃呢。」

說，這種人雖然似乎很可憐，但是敗壞風俗的，用她幫忙還可以，祭祀時候可用不着她沾手，一切飯菜，只好自己做，否則，不乾不淨，祖宗是不吃的。

四叔家裏最重大的事件是祭祀，祥林嫂先前最忙的時候也就是祭祀，這回她卻清閒了。桌子放在堂中央，繫上桌幃，她還記得照舊的去分配酒杯和筷子。

「祥林嫂，你放着罷！我來擺。」四嬸慌忙的說。

她訕訕的縮了手，又去取燭台。

「祥林嫂，你放着罷！我來拿。」四嬸又慌忙的說。

她轉了幾個圓圈，終於沒有事情做，只得疑惑的走開。她在這一天可做的事是不過坐在灶下燒火。

鎮上的人們也仍然叫她祥林嫂，但音調和先前很不同；也還和她講話，但笑容卻冷冷的了。她全不理會那些事，只是直着眼睛，和大家講她自己日夜不忘的故事：

「我真傻，真的，」她說。「我單知道雪天是野獸在深山裏沒有食吃，會到村裏來；我不知道春天也會有。我一大早起來就開了門，拿小籃盛了一籃豆，叫

「祥林嫂，你放着罷！我來擺。」

我們的阿毛坐在門檻上剝豆去。他是很聽話的孩子，我的話句句聽；他就出去了。我就在屋後劈柴，淘米，米下了鍋，打算蒸豆。我叫，『阿毛！』沒有應。出去一看，只見豆撒得滿地，沒有我們的阿毛了。各處去一問，都沒有。我急了，央人去尋去。直到下半天，幾個人尋到山墺裏，看見刺柴上掛着一隻他的小鞋。大家都說，完了，怕是遭了狼了。再進去；果然，他躺在草窠裏，肚裏的五臟已經都給吃空了，可憐他手裏還緊緊的揑着那隻小籃呢。……」她於是淌下眼淚來，聲音也嗚咽了。

這故事倒頗有效，男人聽到這裏，往往斂起笑容，沒趣的走了開去；女人們卻不獨寬恕了她似的，臉上立刻改換了鄙薄的神氣，還要陪出許多眼淚來。有些老女人沒有在街頭聽到她的話，便特意尋來，要聽她這一段悲慘的故事。直到她說到嗚咽，她們也就一齊流下那停在眼角上的眼淚，嘆息一番，滿足的去了，一面還紛紛的評論着。

她就只是反覆的向人說她悲慘的故事，常常引住了三五個人來聽她。但不久，大家也都聽得純熟了，便是最慈悲的念佛的老太太們，眼裏也再不見有一點淚的

「我真傻，真的，」她說：「我單知道雪天……」

痕跡。後來全鎮的人們幾乎都能背誦她的話，一聽到就煩厭得頭痛。

「我真傻，真的，」她開首說。

「是的，你是單知道雪天野獸在深山裏沒有食吃，才會到村裏來的。」他們立即打斷她的話，走開去了。

她張着口怔怔的站着，直着眼睛看他們，接着也就走了，似乎自己也覺得沒趣。但她還妄想，希圖從別的事，如小籃，豆，別人的孩子上，引出她的

「我真傻，真的。」她開首說。

阿毛的故事來。倘一看見兩三歲的小孩子，她就說：

「唉唉，我們的阿毛如果還在，也就有這麼大了。……」

孩子看見她的眼光就吃驚，牽着母親的衣襟催她走。於是又只剩下她一個，終於沒趣的也走了。後來大家又都知道了她的脾氣，只要有孩子在眼前，便似笑非笑的先問她，道：

「祥林嫂，你們的阿毛如果還在，不是也就有這麼大了麼？」

她未必知道她的悲哀經大

「祥林嫂，你們的阿毛如果還在，不是也就有這麼大麼？」

家咀嚼賞鑒了許多天，早已成為渣滓，只值得煩厭和唾棄；但從人們的笑影上，也彷彿覺得這又冷又尖，自己再沒有開口的必要了。她單是一瞥他們，並不回答一句話。

魯鎮永遠是過新年，臘月二十以後就火起來了。四叔家裏這回須僱男短工，還是忙不過來，另叫柳媽做幫手，殺雞，宰鵝；然而柳媽是善女人(14)，吃素，不殺生的，只肯洗器皿。祥林嫂除燒火之外，沒有別的事，卻閒着了，坐着只看柳媽洗器皿。微雪點點的下來了。

「唉唉，我真傻，」祥林嫂看了天空，嘆息着，獨語似的說。

「祥林嫂，你又來了。」柳媽不耐煩的看着她的臉，說。「我問你：你額角上的傷疤，不就是那時撞壞的麼？」

「唔唔。」她含胡的回答。

「我問你：你那時怎麼後來竟依了呢？」

「我麼？……」

「你呀。我想：這總是你自己願意了，不然……。」

「阿阿，你不知道他力氣多麼大呀。」

「我不信。我不信你這麼大的力氣，真會拗他不過。你後來一定是自己肯了，倒推說他力氣大。」

「阿阿，你……你倒自己試試着。」她笑了。

柳媽的打皺的臉也笑起來，使她蹙縮得像一個核桃；乾枯的小眼睛一看祥林嫂的額角，又釘住她的眼。祥林嫂似很局促了，立刻斂了

「阿，你……你倒自己試試看。」她笑了。

(14) 佛家語，即信奉佛法的女子，與「善男子」為相對詞，指信行善法的女子，又特別用以稱呼在家女信徒。

笑容，旋轉眼光，自去看雪花。

「祥林嫂，你實在不合算。」柳媽詭秘的說。「再一強，或者索性撞一個死，就好了。現在呢，你和你的第二個男人過活不到兩年，倒落了一件大罪名。你想，你將來到陰司去，那兩個死鬼的男人還要爭，你給了誰好呢？閻羅大王只好把你鋸開來，分給他們。[15] 我想，這真是……。」

她臉上就顯出恐怖的神色來，這是在山村裏所未曾知道的。

「我想，你不如及早抵當。你到土地廟裏去捐一條門檻，當作你的

「閻羅大王只好把你鋸開來，分給他們。」

替身，給千人踏，萬人跨，贖了這一世的罪名，免得死了去受苦。」

她當時並不回答甚麼話，但大約非常苦悶了，第二天早上起來的時候，兩眼上便都圍着大黑圈。早飯之後，她便到鎮的西頭的土地廟裏去求捐門檻。廟祝起初執意不允許，直到她急得流淚，才勉強答應了。價目是大錢十二千。

她久已不和人們交口，因為阿毛的故事是早被大家厭棄了的；但

她便到土地廟裏去求捐門檻

(15) 傳說人死後因其生前的罪孽而入十八層地獄；其中有一層是以鋸子鋸人的鬼魂的。

自從和柳媽談了天，似乎又即傳揚開去，許多人都發生了新趣味，又來逗她說話了。至於題目，那自然是換了一個新樣，專在她額上的傷疤。

「祥林嫂，我問你：你那時怎麼竟肯了？」一個說。

「唉，可惜，白撞了這一下。」一個看着她的疤，應和道。

她大約從他們的笑容和聲調上，也知道是在嘲笑她，所以總是瞪着眼睛，不說一句話，後來連頭也不回了。她整日緊

「祥林嫂，我問你，你那時怎麼竟肯了？」

閉了嘴唇，頭上帶着大家以為恥辱的記號的那傷痕，默默的跑街，掃地，洗菜，淘米。快夠一年，她才從四嬸手裏支取了歷來積存的工錢，換算了十二元鷹洋(16)，請假到鎮的西頭去。但不到一頓飯時候，她便回來，神氣很舒暢，眼光也分外有神，高興似的對四嬸說，自己已經在土地廟捐了門檻了。

冬至的祭祖時節，她做得更出力，看四嬸裝好祭品，和阿牛將桌子抬到堂屋中央，她便坦然的去拿酒杯和筷子。

「你放着罷，祥林嫂！」四嬸慌忙大聲說。

她像是受了炮烙(17)似的縮手，臉色同時變作灰黑，也不再去取燭台，只是失神的站着。直到四叔上香的時候，教她走開，她才走開。這一回她的變化非常大，

(16) 舊時的墨西哥銀圓，幣面鑄有鷹的圖案，民間俗稱為「鷹洋」，鴉片戰爭後曾大量流入中國而流通。

(17) 又作「炮格」，古代有「炮格之刑」的傳說，《史記．殷本紀》裴駰集解引《列女傳》云：「膏銅柱，下加之炭，令有輒墮炭中，妲己笑，名曰炮格之刑。」此處是形容祥林嫂恍惚被燙了似的。

「你放着罷，祥林嫂！」四嬸慌忙大聲說。

第二天，不但眼睛窈陷下去，連精神也更不濟了。而且很膽怯，不獨怕暗夜，怕黑影，即使看見人，雖是自己的主人，也總惴惴的，有如在白天出穴遊行的小鼠；否則呆坐着，直是一個木偶人。不半年，頭髮也花白起來了，記性尤其壞，甚而至於常常忘卻了去淘米。

「祥林嫂怎麼這樣了？倒不如那時不留她。」四嬸有時當面就這樣說，似乎是警告她。

然而她總如此，全不見有伶俐起來的希望。他們於是想打發她走了，教她回到衛老婆子那裏去。但當我還在魯鎮的時候，不過單是這樣說；看現在的情狀，可見後來終於實行了。然而她是從四叔家出去就成了乞丐的呢，還是先到衛老婆子家然後再成乞丐的呢？那我可不知道。

我給那些因為在近旁而極響的爆竹聲驚醒，看見豆一般大的黃色的燈火光，接着又聽得畢畢剝剝的鞭炮，是四叔家正在「祝福」了；知道已是五更將近時候。我在蒙朧中，又隱約聽到遠處的爆竹聲聯綿不斷，似乎合成一天音響的濃雲，夾着團團飛舞的雪花，擁抱了全市鎮。我在這繁響的擁抱中，也懶散而且舒適，從白天以至初夜的疑慮，全給祝福的空氣一掃而空了，只覺得天地聖眾歆享了牲醴和香煙[18]，都醉醺醺的在空中蹣跚，豫備給魯鎮的人們以無限的幸福。

一九二四年二月七日

[18] 即祝福時用的三牲和香火。

《祝福》題解：

魯迅曾在一篇雜文中說過：悲劇是將人生有價值的東西毀滅給人看。「祝福」本是一個浙江過年的喜慶的日子。這篇小說的主角祥林嫂是一個沒有文化的農村寡婦。在老中國二千多年的封建宗法社會裏，寡婦本就是社會最底層的、最沒有權勢的一群弱勢群體，她們是魯迅寄以同情的最無助的人群，其命運往往是最悽慘的。出身上等人家（主要是因子而貴）的寡婦恪守「三從四德」，死後或可贏得上一個貞節牌坊。而祥林嫂則是一個吃苦耐勞、樸素、善良的女傭、生活在舊宗法時代的寡婦，如她一樣的勞動者女性，在夫權、政權、族權及神權的控制下，個人的人權幾乎被剝奪殆盡，她們的命運被操縱在這些「權力」之下，她的一生就是一齣悲劇。她已淪為乞丐，卻還在死前恐懼「一個人死了之後，究竟有沒有魂靈」？

魯迅用倒敘法來拉開這齣人間悲劇的開幕，以紹興鄉鎮的風情作為小說內容的背景，而以白描的手法來描寫人間的冷漠，以及民國時代社會濃厚的封建氛圍，從而襯托出祥林嫂悲劇的客觀成因。這篇小說是向封建宗法制度發出的拷問，震撼了無數男女讀者。因而，祥林嫂也成為中國現代小說中的一個典型，這是中國現代文學史上第一篇為女性權益發出「吶喊」的小說。

在酒樓上

若要斷酒法，醒眼看醉人。

註：係豐子愷與其學生吳甲原合作的木刻作品，吳甲原提供題材，豐子愷作畫。此畫原收入《世態畫集》（桂林文光書店一九四四年二月初版）。

我從北地向東南旅行，繞道訪了我的家鄉，就到S[1]城。這城離我的故鄉不過三十里[2]，坐了小船，小半天可到，我曾在這裏的學校裏當過一年的教員。深冬雪後，風景淒清，懶散和懷舊的心緒聯結起來，我竟暫寓在S城的洛思旅館[3]裏了；這旅館是先前所沒有的。城圈本不大，尋訪了幾個以為可以會見的舊同事，一個也不在，早不知散到那裏去了；經過學校的門口，也改換了名稱和模樣，於我很生疏。不到兩個時辰，我的意興早已索然，頗悔此來為多事了。

我所住的旅館是租房不賣飯的，飯菜必須另外叫來，但又無味，入口如嚼泥土。窗外只有漬痕斑駁的牆壁，帖着枯死的莓苔；上面是鉛色的天，白皚皚的絕無精彩，而且微雪又飛舞起來了。我午餐本沒有飽，又沒有可以消遣的事情，便

(1) 指紹興。
(2) 以中國舊制一里約六百米計，三十里相當於十七公里。
(3) 洛思峰，位於原屬紹興府蕭山縣內。據《輿地志》記載：「昔有洛下人隨太尉朱雋來會稽，三年不得返，乃登山望北而嘆」。後人因此典故，稱此峰為洛思峰。

很自然的想到先前有一家很熟識的小酒樓，叫一石居的，算來離旅館並不遠。我於是立即鎖了房門，出街向那酒樓去。其實也無非想姑且逃避客中的無聊，並不專為買醉。一石居是在的，狹小陰濕的店面和破舊的招牌都依舊；但從掌櫃以至堂倌卻已沒有一個熟人，我在這一石居中也完全成了生客。然而我終於跨上那走熟的屋角的扶梯去了，由此徑到小樓上。上面也依然是五張小板桌；獨有原是木欞的後窗卻換嵌了玻璃。

「一斤紹酒。——菜？十個油豆腐，辣醬要多！」

我一面說給跟我上來的堂倌聽，一面向後窗走，就在靠窗的一張桌旁坐下了。樓上「空空如也」[(4)]，任我揀得最好的坐位：可以眺望樓下的廢園。這園大概是不屬於酒家的，我先前也曾眺望過許多回，有時也在雪天裏。但現在從慣於北方的眼睛看來，卻很值得驚異了：幾株老梅竟鬥雪開着滿樹的繁花，彷彿毫不以深冬為意；倒塌的亭子邊還有一株山茶樹，從暗綠的密葉裏顯出十幾朵紅花來，赫赫的在雪中明得如火，憤怒而且傲慢，如蔑視遊人的甘心於遠行。我這時又忽地想到這裏積雪的滋潤，著物不去，晶瑩有光，不比朔雪的粉一般乾，大風一吹，便飛得滿空如煙霧。……

「客人，酒。……」

堂倌懶懶的說着，放下杯，筷，酒壺和碗碟，酒到了。我轉臉向了板桌，排好器具，斟出酒來。覺得北方固不是我的舊鄉，但南來又只能算一個客子，無論那邊的乾雪怎樣紛飛，這裏的柔雪又怎樣的依戀，於我都沒有甚麼關係了。我略帶些哀愁，然而很舒服的呷一口酒。酒味很純正；油豆腐也煮得十分好；可惜辣醬太淡薄，本來S城人是不懂得吃辣的。

大概是因為正在下午的緣故罷，這雖說是酒樓，卻毫無酒樓氣，我已經喝下三杯酒去了，而我以外還是四張空板桌。我看着廢園，漸漸的感到孤獨，但又不願有別的酒客上來。偶然聽得樓梯上腳步響，便不由的有些懊惱，待到看見是堂

(4) 語見《論語・子罕》：「有鄙夫問於我，空空如也。我叩其兩端而竭焉。」空空，原意為：誠懇、謙恭。今作為成語，形容一無所有。

倌，才又安心了，這樣的又喝了兩杯酒。

我想，這回定是酒客了，因為聽得那腳步聲比堂倌的要緩得多。約略料他走完了樓梯的時候，我便害怕似的抬頭去看這無干的同伴，同時也就吃驚的站起來。我竟不料在這裏意外的遇見朋友了，——假如他現在還許我稱他為朋友。那上來的分明是我的舊同窗，也是做教員時代的舊同事，面貌雖然頗有些改變，但一見也就認識，獨有行動卻變得格外迂緩，很不像當年敏捷精悍的呂緯甫了。

「阿，——緯甫，是你麼？我萬想不到會在這裏遇見你。」

「阿阿，是你？我也萬想不到……」

我就邀他同坐，但他似乎略略躊躕之後，方才坐下來。我起先很以為奇，接着便有些悲傷，而且不快了。細看他相貌，也還是亂蓬蓬的鬚髮；蒼白的長方臉，然而衰瘦了。精神很沉靜，或者卻是頹唐；又濃又黑的眉毛底下的眼睛也失了精彩，但當他緩緩的四顧的時候，卻對廢園忽地閃出我在學校時代常常看見的射人的光來。

「我們，」我高興的，然而頗不自然的說，「我們這一別，怕有十年了罷。

沽酒囊中自有錢

註：作於一九四七年九月。

市頭米價新來減，一醉瓷甌四五錢。——此詩此畫可使今世酒徒羨煞

註：作於一九四七年十月。

我早知道你在濟南，可是實在懶得太難，終於沒有寫一封信。……」

「彼此都一樣。可是現在我在太原了，已經兩年多，和我的母親。我回來接她的時候，知道你早搬走了，搬得很乾淨。」

「你在太原做甚麼呢？」我問。

「教書，在一個同鄉的家裏。」

「這以前呢？」

「這以前麼？」他從衣袋裏掏出一支煙卷來，點了火銜在嘴裏，看着噴出的煙霧，沉思似的說：「無非做了些無聊的事情，等於甚麼也沒有做。」

他也問我別後的景況；我一面告訴他一個大概，一面叫堂倌先取杯筷來，使他先喝着我的酒，然後再去添二斤。其間還點菜，我們先前原是毫不客氣的，但此刻卻推讓起來了，終於說不清那一樣是誰點的，就從堂倌的口頭報告上指定了四樣菜：茴香豆，凍肉，油豆腐，青魚乾。

「我一回來，就想到我可笑。」他一手擎着煙卷，一隻手扶着酒杯，似笑非笑的向我說。「我在少年時，看見蜂子或蠅子停在一個地方，給甚麼來一嚇，即刻飛去了，但是飛了一個小圈子，便又回來停在原地點，便以為這實在很可笑，也可憐。可不料現在我自己也飛回來了，不過繞了一點小圈子。又不料你也回來了。你不能飛得更遠些麼？」

「這難說，大約也不外乎繞點小圈子罷。」我也似笑非笑的說。「但是你為甚麼飛回來的呢？」

「也還是為了無聊的事。」他一口喝乾了一杯酒，吸幾口煙，眼睛略為張大了。「無聊的。——但是我們就談談罷。」

堂倌搬上新添的酒菜來，排滿了一桌，樓上又添了煙氣和油豆腐的熱氣，彷彿熱鬧起來了；樓外的雪也越加紛紛的下。

「你也許本來知道，」他接着說，「我曾經有一個小兄弟，是三歲上死掉的，就葬在這鄉下。我連他的模樣都記不清楚了，但聽母親說，是一個很可愛念的孩子，和我也很相投，至今她提起來還似乎要下淚。今年春天，一個堂兄就來了一封信，說他的墳邊已經漸漸的浸了水，不久怕要陷入河裏去了，須得趕緊去設法。母親一知道就很着急，幾乎幾夜睡不着，——她又自己能看信的。然而我能有甚

相對忘貧

註：此畫原收入《劫餘漫畫》（上海萬葉書店一九四七年五月初版）。

麼法子呢？沒有錢，沒有工夫：當時甚麼法也沒有。

「一直捱到現在，趁着年假的閒空，我才得回南給他來遷葬。」他又喝乾一杯酒，看着窗外，說，「這在那邊那裏能如此呢？積雪裏會有花，雪地下會不凍。就在前天，我在城裏買了一口小棺材，——因為我豫料那地下的應該早已朽爛了，——帶着棉絮和被褥，僱了四個土工，下鄉遷葬去。我當時忽而很高興，願意掘一回墳，願意一見我那曾經和我很親睦的小兄弟的骨殖：這些事我生平都沒有經歷過。到得墳地，果然，河水只是咬進來，離墳已不到二尺遠。可憐的墳，兩年沒有培土，也平下去了。我站在雪中，決然的指着他對土工說，『掘開來！』我實在是一個庸人，我這時覺得我的聲音有些希奇，這命令也是一個在我一生中最為偉大的命令。但土工們卻毫不駭怪，就動手掘下去了。待到掘着壙穴，我便過去看，果然，棺木已經快要爛盡了，只剩下一堆木絲和小木片。我的心顫動着，自去撥開這些，很小心的，要看一看我的小兄弟。然而出乎意外！被褥，衣服，骨骼，甚麼也沒有。我想，這些都消盡了，向來聽說最難爛的是頭髮，也許還有罷。我便伏下去，在該是枕頭所在的泥土裏仔仔細細的看，也沒有。蹤影全無！」

我忽而看見他眼圈微紅了，但立即知道是有了酒意。他總不很吃菜，單是把酒不停的喝，早喝了一斤多，神情和舉動都活潑起來，漸近於先前所見的呂緯甫了。我叫堂倌再添二斤酒，然後回轉身，也拿着酒杯，正對面默默的聽着。

「其實，這本已可以不必再遷，只要平了土，賣掉棺材；就此完事了的。我去賣棺材雖然有些離奇，但只要價錢極便宜，原鋪子就許要，至少總可以撈回幾文酒錢來。但我不這樣，我仍然鋪好被褥，用棉花裹了些他先前身體所在的地方的泥土，包起來，裝在新棺材裏，運到我父親埋着的墳地上，在他墳旁埋掉了。因為外面用磚墎，昨天又忙了我大半天：監工。但這樣總算完結了一件事，足夠去騙騙我的母親，使她安心些。——阿阿，你這樣的看我，你怪我何以和先前太不相同了麼？是的，我也還記得我們同到城隍(5)廟裏去拔掉神像的鬍子的時候，連日議論些改革中國的方法以至於打起來的時候。但我現在就是這樣了，敷敷衍衍，模模糊糊。我有時自己也想到，倘若先前的朋友看見我，怕會不認我做朋友了。——然而我現在就是這樣。」

他又掏出一支煙卷來，銜在嘴裏，點了火。

「看你的神情，你似乎還有些期望我，——我現在自然麻木得多了，但是有

(5) 道教中主管城池之神祇。

別易會難，各盡杯觴。

註：此畫原收入《客窗漫畫》（桂林今日文藝社一九四二年八月初版）。

些事也還看得出。這使我很感激，然而也使我很不安：怕我終於辜負了至今還對我懷着好意的老朋友。……」他忽而停住了，吸幾口煙，才又慢慢的說，「正在今天，剛在我到這一石居來之前，也就做了一件無聊事，然而也是我自己願意做的。我先前的東邊的鄰居叫長富，是一個船戶。他有一個女兒叫阿順，你那時到我家裏來，也許見過的，但你一定沒有留心，因為那時她還小。後來她也長得並不好看，不過是平常的瘦瘦的瓜子臉，黃臉皮；獨有眼睛非常大，睫毛也很長，眼白又青得如夜的晴天，而且是北方的無風的晴天，這裏的就沒有那麼明淨了。她很能幹，十多歲沒了母親，招呼兩個小弟妹都靠她；又得服侍父親，事事都周到；也經濟，家計倒漸漸的穩當起來了。鄰居幾乎沒有一個不誇獎她，連長富也時常說些感激的話。這一次我動身回來的時候，我的母親又記得她了，老年人記性真長久。她說她曾經知道順姑因為看見誰的頭上戴着紅的剪絨花，自己也想有一朵，弄不到，哭了，哭了小半夜，就挨了她父親的一頓打，後來眼眶還紅腫了兩三天。這種剪絨花是外省的東西，S城裏尚且買不出，她那裏想得到手呢？趁我這一次回南的便，便叫我買兩朵去送她。

「我對於這差使倒並不以為煩厭，反而很喜歡；為阿順，我實在還有些願意出力的意思的。前年，我回來接我母親的時候，有一天，長富正在家，不知怎的我和他閒談起來了。他便要請我吃點心，蕎麥粉，並且告訴我所加的是白糖。你想，家裏能有白糖的船戶，可見決不是一個窮船戶了，所以他也吃得很闊綽。我被勸不過，答應了，但要求只要用小碗。他也很識世故，便囑咐阿順說，『他們文人，是不會吃東西的。你就用小碗，多加糖！』然而等到調好端來的時候，仍然使我吃一嚇，是一大碗，足夠我吃一天。但是和長富吃的一碗比起來，我的也確乎算小碗。我生平沒有吃過蕎麥粉，這回一嘗，實在不可口，卻是非常甜。我漫然的吃了幾口，就想不吃了，然而無意中，忽然間看見阿順遠遠的站在屋角裏，就使我立刻消失了放下碗筷的勇氣。我看她的神情，是害怕而且希望，大約怕自己調得不好，願我們吃得有味。我知道如果剩下大半碗來，一定要使她很失望，而且很抱歉。我於是同時決心，放開喉嚨灌下去了，幾乎吃得和長富一樣快。我由此才知道硬吃的苦痛，我只記得還做孩子時候的吃盡一碗拌着驅除蛔蟲藥粉的沙糖才有這樣難。然而我毫不抱怨，因為她過來收拾空碗時候的忍着的得意的笑

敬客
註：此畫原收入《都會之音》（上海天馬書店一九三五年九月初版）。

容，已盡夠賠償我的苦痛而有餘了。所以我這一夜雖然飽脹得睡不穩，又做了一大串噩夢，也還是祝讚她一生幸福，願世界為她變好。然而這些意思也不過是我的那些舊日的夢的痕跡，即刻就自笑，接着也就忘卻了。

「我先前並不知道她曾經為了一朵剪絨花挨打，但因為母親一說起，便也記得了蕎麥粉的事，意外的勤快起來了。我先在太原城裏搜求了一遍，都沒有；一直到濟南……」

窗外沙沙的一陣聲響，許多積雪從被他壓彎了的一枝山茶樹上滑下去了，樹枝筆挺的伸直，更顯出烏油油的肥葉和血紅的花來。天空的鉛色來得更濃；小鳥雀啾唧的叫着，大概黃昏將近，地面又全罩了雪，尋不出甚麼食糧，都趕早回巢來休息了。

「一直到了濟南，」他向窗外看了一回，轉身喝乾一杯酒，又吸幾口煙，接着說。「我才買到剪絨花。我也不知道使她挨打的是不是這一種，總之是絨做的罷了。我也不知道她喜歡深色還是淺色，就買了一朵大紅的，一朵粉紅的，都帶到這裏來。

「就是今天午後，我一吃完飯，便去看長富，我為此特地耽擱了一天。他的家倒還在，只是看去很有些晦氣色了，但這恐怕不過是我自己的感覺。他的兒子和第二個女兒——阿昭，都站在門口，大了。阿昭長得全不像她姊姊，簡直像一個鬼，但是看見我走向她家，便飛奔的逃進屋裏去。我就問那小子，知道長富不在家。『你的大姊呢？』他立刻瞪起眼睛，連聲問我尋她甚麼事，而且惡狠狠的似乎就要撲過來，咬我。我支吾着退走了，我現在是敷敷衍衍……

「你不知道，我可是比先前更怕去訪人了。因為我已經深知道自己之討厭，連自己也討厭，又何必明知故犯的去使人暗暗地不快呢？然而這回的差使是不能不辦妥的，所以想了一想，終於回到就在斜對門的柴店裏。店主的母親，老發奶奶，倒也還在，而且也還認識我，居然將我邀進店裏坐去了。我們寒暄幾句之後，我就說明了回到S城和尋長富的緣故。不料她嘆息說：

「『可惜順姑沒有福氣戴這剪絨花了。』

「她於是詳細的告訴我，說是『大約從去年春天以來，她就見得黃瘦，後來忽而常常下淚了，問她緣故又不說；有時還整夜的哭，哭得長富也忍不住生氣，罵她年紀大了，發了瘋。可是一到秋初，起先不過小傷風，終於躺倒了，從此就起不來。直到嚥氣的前幾天，才肯對長富說，她早就像她母親一樣，不時的吐紅和流夜汗。但是瞞着，怕他因此要擔心。有一夜，她的伯伯長庚又來硬借錢，——這是常有的事，——她不給，長庚就冷笑着說：你不要驕氣，你的男人比我還不如！她從此就發了愁，又伯羞，不好問，只好哭。長富趕緊將她的男人怎樣的爭

電燈與油盞

註：此畫原收入《子愷近作漫畫集》（成都普益圖書館一九四一年十月初版）。

氣的話說給她聽，那裏還來得及？況且她也不信，反而說：好在我已經這樣，甚麼也不要緊了。』

「她還說，『如果她的男人真比長庚不如，那就真可怕呵！比不上一個偷雞賊，那是甚麼東西呢？然而他來送殮的時候，我是親眼看見他的，衣服很乾淨，人也體面；還眼淚汪汪的說，自己撐了半世小船，苦熬苦省的積起錢來聘了一個女人，偏偏又死掉了。可見他實在是一個好人，長庚說的全是誑。只可惜順姑竟會相信那樣的賊骨頭的誑話，白送了性命。——但這也不能去怪誰，只能怪順姑自己沒有這一份好福氣。』

「那倒也罷，我的事情又完了。但是帶在身邊的兩朵剪絨花怎麼辦呢？好，我就託她送了阿昭。這阿昭一見我就飛跑，大約將我當作一隻狼或是甚麼，我實在不願意去送她。——但是我也就送她了，對母親只要說阿順見了喜歡的了不得就是。這些無聊的事算甚麼？只要模模糊糊。模模糊糊的過了新年，仍舊教我的『子曰詩云』去。」

「你教的是『子曰詩云』麼？」我覺得奇異，便問。

「自然。你還以為教的是ABCD麼？我先是兩個學生，一個讀《詩經》(6)，一個讀《孟子》(7)。新近又添了一個，女的，讀《女兒經》(8)。連算學也不教，不是我不教，他們不要教。」

「我實在料不到你倒去教這類的書，……」

「他們的老子要他們讀這些，我是別人，無乎不可的。這些無聊的事算甚麼？只要隨隨便便，……」

他滿臉已經通紅，似乎很有些醉，但眼光卻又消沉下去了。我微微的嘆息，一時沒有話可說。樓梯上一陣亂響，擁上幾個酒客來：當頭的是矮子，臃腫的圓臉；第二個是長的，在臉上很惹眼的顯出一個紅鼻子；此後還有人，一疊連的走得小樓都發抖。我轉眼去着呂緯甫，他也正轉眼來看我，我就叫堂倌算酒賬。

「你借此還可以支持生活麼？」我一面準備走，一面問。

「是的。——我每月有二十元，也不大能夠敷衍。」

「那麼，你以後豫備怎麼辦呢？」

「以後？——我不知道。你看我們那時豫想的事可有一件如意？我現在甚麼也不知道，連明天怎樣也不知道，連後一分……」

堂倌送上賬來，交給我；他也不像初到時候的謙虛了，只向我看了一眼，便吸煙，聽憑我付了賬。

我們一同走出店門，他所住的旅館和我的方向正相反，就在門口分別了。我獨自向着自己的旅館走，寒風和雪片撲在臉上，倒覺得很爽快。見天色已是黃昏，和屋宇和街道都織在密雪的純白而不定的羅網裏。

一九二四年二月十六日

---

(6) 中國最早的詩歌總集，大約產生於公元前十一至前七世紀。原本名《詩》，共有詩歌三百零五首，又稱《詩三百》，西漢董仲舒尊儒之後，儒家將其稱為《詩經》。

(7) 孟子，名軻，東周戰國時期人物，偉大的思想家、教育家及儒家學派的代表人物。《孟子》為戰國時期，孟子及其弟子萬章、公孫丑等所著，共十一篇，現存七篇十四卷。

(8) 大約成書於明朝，作者已佚。明清之間，不斷有好事者增刪修補，有多種版本傳世，此書被列為古代對女子進行道德教育的教材。

《在酒樓上》題解：

本篇原題《在酒樓上》，最初發表於上海《小說月報》第十五卷第五號（一九二四年五月十日），寫作於一九二四年二月十六日，距《祝福》寫作於之前的二月七日，相距不過九天。可以說是《祝福》的姊妹篇，二篇可視為魯迅的「回鄉紀實」的小說作品。如果說，祥林嫂是處於社會的底層，那末，本篇小說的主角卻是一個只有微薄薪水卻要遠赴他鄉的教師呂緯甫。他與魯迅同屬當年擁護推翻帝制，反對八股，提倡新學的時代青年。兩人經常為如何改革中國及方法而爭論不休。睽目多年以後，呂緯甫不僅放棄了理想，教的課本也只能是回復到私塾教材的「子曰詩云」，連算學也不能教。

對於以後，他已完全沒有了期待。魯迅以小說筆法，其實更多的是在對談中以主角敘說一些瑣事和小人物，深刻地刻劃出舊時中國知識分子在社會進程中的彷徨無助的心態。文筆平緩，波瀾不驚，娓娓道來，卻令讀者感受到一種壓抑，死一般的社會生態的現實在摧殘着那一代知識分子的生計與精神。魯迅對呂緯甫的個人遭遇既充滿同情，又對他的思想落伍予以無聲的譴責，尤其是他放棄抵抗，在暗灰色的人生道路上垂頭喪氣地走着，形同行屍走肉。他終於從一個追求革新的先覺者而變得頹廢的經歷其實是其時代知識分子的一個寫照：「有的高昇，有的退隱，有的頹廢。」

這篇小說在魯迅的小說中似乎不大為人提起，然而，就小說技巧而言，這是魯迅小說作品中的一篇最值得注意的作品，他在結構的安排，景物的描敘以及對話在角色形塑方面的運用，都很純熟、生動。

幸福的家庭

——擬許欽文[1]

夜半

註：此畫原收入《子愷漫畫》（上海開明書店一九二六年一月初版）。

「……做不做全由自己的便；那作品，像太陽的光一樣，從無量的光源中湧出來，不像石火，用鐵和石敲出來，這才是真藝術。那作者，也才是真的藝術家。——而我，……這算是甚麼？……」他想到這裏，忽然從床上跳起來了。以先他早已想過，須得撈幾文稿費維持生活了；投稿的地方，先定為幸福月報社，因為潤筆似乎比較的豐。但作品就須有範圍，否則，恐怕要不收的。範圍就範圍，……現在的青年的腦裏的大問題是？……大概很不少，或者有許多是戀愛，婚姻，家庭之類罷。……是的，他們確有許多人煩悶着，正在討論這些事。[2]那

⑴許欽文（一八九七至一九八四），浙江紹興人，著有短篇小說集《故鄉》等。他看到在一九二三年八月《婦女雜誌》第九卷第八號刊出的「我之理想的配偶」的「徵文啟事」，因之寫了一篇《理想的伴侶》的諷刺小說去應徵，結果發表於同年九月九日北京《晨報副鐫》上。

⑵一九二〇年代的中國社會正經歷了一個巨大的制度轉變，舊有的風俗、婚姻觀念也有丕變之趨勢。因此一些報刊雜誌就關於「戀愛」、「婚姻」、「如何建立家庭幸福」等話題，發起討論。如一九二三年五、六月間《晨報副鐫》進行的「愛情定則」的討論；上註「我之理想的配偶」的徵文；《婦女雜誌》有關「配偶選擇號」（第九卷第十一號）等。

麼，就來做家庭。然而怎麼做做呢？……否則，恐怕要不收的，何必說些背時的話，然而……。他跳下臥床之後，四五步就走到書桌面前，坐下去，抽出一張綠格紙，毫不遲疑，但又自暴自棄似的寫下一行題目道：《幸福的家庭》。

他的筆立刻停滯了；他仰了頭，兩眼瞪着房頂，正在安排那安置這「幸福的家庭」的地方。他想：「北京？不行，死氣沉沉，連空氣也是死的。假如在這家庭的周圍築一道高牆，難道空氣也就隔斷了麼？簡直不行！江蘇浙江天天防要開仗；福建更無須說。四川，廣東？都正在打。[3]山東河南之類？——阿阿，要綁票的，倘使綁去一個，那就成為不幸的家庭了。上海天津的租界[4]上房租貴；……假如在外國，笑話。雲南貴州不知道怎樣，但交通也太不便……。」他想來想去，想不出好地方，便要假定為A了，但又想，「現有不少的人是反對用西洋字母來代人地名的[5]，說是要減少讀者的興味。我這回的投稿，似乎也不如不用，安全些。那麼，在那裏好呢？——湖南也打仗；大連仍然房租貴；察哈爾[6]，吉林，黑龍江罷，——聽說有馬賊，也不行！……」他又想來想去，又想不出好地方，於是終於決心，假定這「幸福的家庭」所在的地方叫作A。

「總之，這幸福的家庭一定須在A，無可磋商。家庭中自然是兩夫婦，就是主人和主婦，自由結婚的。他們訂有四十多條條約，非常詳細，所以非常平等，十

⑶ 時值江蘇軍閥齊燮元與浙江軍閥盧永祥兩軍竦峙，劍拔弩張。又有直系軍閥孫傳芳與福建軍閥王永泉等的戰爭；更有四川軍閥楊森對熊克武的戰爭；湖南軍閥趙恒惕對另一湖南督務譚延闓的戰爭、廣東軍閥陳炯明與桂系、滇系軍閥的混戰等等，此起彼伏。

⑷ 晚清末，西方列強通過「鴉片戰爭」、八國聯軍攻佔北京等，迫使清廷簽訂《南京條約》、《天津條約》等不平等條約後，以「租借」之名，在上海、天津、青島、廈門等「五口通商地方」及煙台、杭州、九江等地，設立具有特別行政權所屬之地，稱之為「租界」。上海有法租界、英美共同租界，天津有英、德、法、日、俄、比利時、奧地利、意大利等的租界。中華民國政府分別在一九一九年收回德、奧租界、一九二四年收回沙俄租界。至一九四〇年代，所有的外國租界均為民國政府所收復。

⑸ 一九二三年六月至九月間《晨報副鐫》上曾有關於以羅馬字母代替小說中人名及地名問題的論爭，該刊於八月二十六日發表的作者鄭兆松的〈羅馬字母問題的小小結束〉一文曾指出：「小說裏羼用些羅馬字母，不認識羅馬文字的大多數民眾看來，就會產生出一種厭惡的情感，至少，也足以減少它們的普遍性。」云云。魯迅顯然不同意鄭氏的論點，他在《在酒樓上》就用「S城」代替紹興。此處說「現有不少人是反對用西洋字母來代入地名的，說是要減少讀者的興味。」此句話就是拉來作為諷刺所用，包括「幸福家庭」所在地為「A」等等，都包涵這個意思。

⑹ 一九二四年時稱「察哈爾特別區」，後改為「察哈爾省」。一九五二年起被撤銷行政區域，分別併入河北、山西兩省和內蒙古自治區。

吾家
註：此畫原收入《子愷近作漫畫集》（成都普益圖書館一九四一年十月初版）。

分自由。而且受過高等教育，優美高尚……。東洋留學生已經不通行，——那麼，假定為西洋留學生罷。主人始終穿洋服，硬領始終雪白；主婦是前頭的頭髮始終燙得蓬蓬鬆鬆像一個麻雀窠，牙齒是始終雪白的露着，但衣服卻是中國裝，……」

「不行不行，那不行！二十五斤！」

他聽得窗外一個男人的聲音，不由的回過頭去看，窗幔垂着，日光照着，明得眩目，他的眼睛昏花了；接着是小木片撒在地上的聲響。「不相干，」他又回過頭來想，「甚麼『二十五斤』？——他們是優美高尚，很愛文藝的。但因為都從小生長在幸福裏，所以不愛俄國的小說……。俄國小說多描寫下等人，實在和這樣的家庭也不合。『二十五斤』？不管他。那麼，他們看看甚麼書呢？——裴倫[(7)]的詩？吉支[(8)]的？不行，都不穩當。——哦，有了，他們都愛看《理想之良人》[(9)]。我雖然沒有見過這部書，但既然連大學教授也那麼稱讚他，想來他們也一定都愛看，你也看，我也看，——他們一人一本，這家庭裏一共有兩本，……」他覺得胃裏有點空虛了，放下筆，用兩隻手支着頭，

(7) 裴倫（G.G.Byron, 1788–1824），又譯為拜倫，英國詩人。著有長詩《唐・璜》、詩劇《曼佛雷特》等。

(8) 吉支（J.Keats, 1795–1821），通譯為：濟慈，英國詩人。著有《為和平而寫的十四行詩》、長詩《伊莎貝拉》等。

(9) 即英國劇作家王爾德（O.Wilde, 1856–1900）所著四幕劇《An Ideal Husband》，該劇於「五四」運動前被譯成中文，曾連載於《新青年》第一卷第二、三、四、六號和第二卷第二號上。

全國風味

註：此畫原收入《子愷近作漫畫集》（成都普益圖書館一九四一年十月初版）。

教自己的頭像地球儀似的在兩個柱子間掛着。

「……他們兩人正在用午餐，」他想，「桌上鋪了雪白的布；廚子送上菜來，——中國菜。甚麼『二十五斤』？不管他。為甚麼倒是中國菜？西洋人說，中國菜最進步，最好吃，最合於衛生[10]：所以他們採用中國菜。送來的是第一碗，但這第一碗是甚麼呢？……」

「劈柴，……」

他吃驚的回過頭去看，靠左肩，便立着他自己家裏的主婦，兩隻陰淒淒的眼睛恰恰釘住他的臉。

「甚麼？」他以為她來攪擾了他的創作，頗有些憤怒了。

(10) 對照魯迅《華蓋集續編．馬上支日記》「近年嘗聽到本國人和外國人頌揚中國菜，說是怎樣可口，怎樣衛生，世界上第一，宇宙間第n。但我實在不知道怎樣的是中國菜。我們有幾處是嚼葱蒜和雜和麵餅，有幾處是用醋，辣椒，醃菜下飯；還有許多人是只能舐黑鹽，還有許多人是連黑鹽也沒得舐。中外人士以為可口，衛生，第一而第n的，當然不是這些；應該是闊人，上等人所吃的肴饌。」這是嘲諷那些鼓吹「國粹」的人，借「洋人」之口誇讚中國佳餚美食而沾沾自喜的高等華人們。

久住即為家
註：作於一九四七年。

「劈柴，都用完了，今天買了些。前一回還是十斤兩吊四，今天就要兩吊六[11]。我想給他兩吊五，好不好？」

「好好，就是兩吊五。」

「稱得太吃虧了。他一定只肯算二十四斤半；我想就算他二十三斤半，好不好？」

「好好，就算他二十三斤半。」

「那麼，五五二十五，三五一十五，……」

「唔唔，五五二十五，三五一十五，……」他也說不下去了，停了一會，忽而奮然的抓起筆來，就在寫着一行「幸福的家庭」的綠格紙上起算草，起了好久，這才仰起頭來說道：

---

(11) 兩吊四、五吊八即二百四十文或五百八十文。當時一吊錢為一千文，即銅錢一百個，可以串起來，或十個銅板，一個銅板即十文。

「五吊八！」

「那是，我這裏不夠了，還差八九個……。」

他抽開書桌的抽屜，一把抓起所有的銅元，不下二三十，放在她攤開的手掌上，看她出了房，才又回過頭來向書桌。他覺得頭裏面很脹滿，似乎椏椏叉叉的全被木柴填滿了，五五二十五，腦皮質上還印着許多散亂的亞剌伯數目字。他很深的吸一口氣，又用力的呼出，彷彿要借此趕出腦裏的劈柴，五五二十五和亞剌伯數字來。果然，吁氣之後，心地也就輕鬆不少了，於是仍復恍恍惚惚的想——

「甚麼菜？菜倒不妨奇特點。滑溜里脊，蝦子海參，實在太凡庸。我偏要說他們吃的是『龍虎鬥』。但『龍虎鬥』又是甚麼呢？有人說是蛇和貓，是廣東的貴重菜，非大宴會不吃的。但我在江蘇飯館的菜單上就見過這名目，江蘇人似乎不吃蛇和貓，恐怕就如誰所說，是蛙和鱔魚了。現在假定這主人和主婦為那裏人呢？——不管他。總而言之，無論那裏人吃一碗蛇和貓或者蛙和鱔魚，於幸福的家庭是決不會有損傷的。總之這第一碗一定是『龍虎鬥』，無可磋商。

「於是一碗『龍虎鬥』擺在桌子中央了，他們兩人同時捏起筷子，指着碗沿，

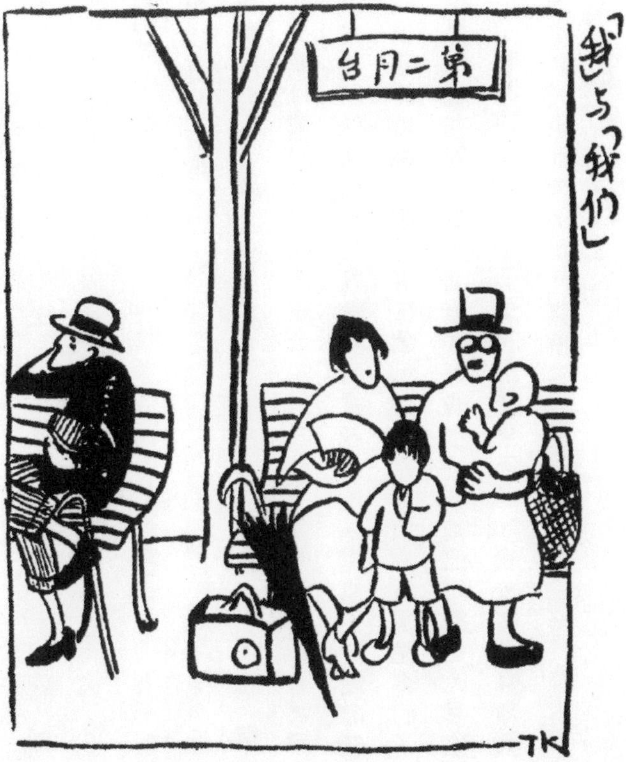

「我」與「我們」

註：此畫原收入《子愷畫集》（上海開明書店一九二七年二月初版）。

笑迷迷的你看我，我看你……。

「『My dear, Please.』

「『Please you eat first, my dear.』

「『Oh no, please you!』

「於是他們同時伸下筷子去，同時夾出一塊蛇肉來，——不不，蛇肉究竟太奇怪，還不如說是鱔魚罷。那麼，這碗『龍虎鬥』是蛙和鱔魚所做的了。他們同時夾出一塊鱔魚來，一樣大小，五五二十五，三五……不管他，同時放進嘴裏去，……」他不能自制的只想回過頭去看，因為他覺得背後很熱鬧，有人來來往往的走了兩三回。但他還熬着，亂嘈嘈的接着想，「這似乎有點肉麻，那有這樣的家庭？唉唉，我的思路怎麼會這樣亂，這好題目怕是做不完篇的了。——或者不必定用留學生，就在國內受了高等教育的也可以。他們都是大學畢業的，高尚優美，高尚……。男的是文學家；女的也是文學家，或者文學崇拜家。或者女的是詩人；男的是詩人崇拜者，女性尊重者。或者……」他終於忍耐不住，回過頭去了。

就在他背後的書架的旁邊，已經出現了一座白菜堆，下層三株，中層兩株，頂上一株，向他疊成一個很大的A字[12]。

「唉唉！」他吃驚的嘆息，同時覺得臉上驟然發熱了，脊樑上還有許多針輕輕的刺着。「吁……。」他很長的噓一口氣，先斥退了脊樑上的針，仍然想，「幸福的家庭的房子要寬綽。有一間堆積房，白菜之類都到那邊去。主人的書房另一間，靠壁滿排着書架，那旁邊自然決沒有甚麼白菜堆；架上滿是中國書，外國書，《理想之良人》自然也在內，——一共有兩部。臥室又一間；黃銅床，或者質樸點，第一監獄工場做的榆木床也就夠，床底下很乾淨，……」他當即一瞥自己的床下，劈柴已經用完了，只有一條稻草繩，卻還死蛇似的懶懶的躺着。

「二十三斤半，……」他覺得劈柴就要向床下「川流不息」的進來，頭裏面又

(12) 據許欽文在《彷徨的分析》中所說：「北京的白菜可以久放，總是大批地買，常常堆成A形。生煤爐用的劈柴經常要用，也的確是常常丫丫叉叉地滿堆在床底下的。」顯然，小說發生的地點指的是北京，也隱喻北京是「A」地，所謂「首善之區」。

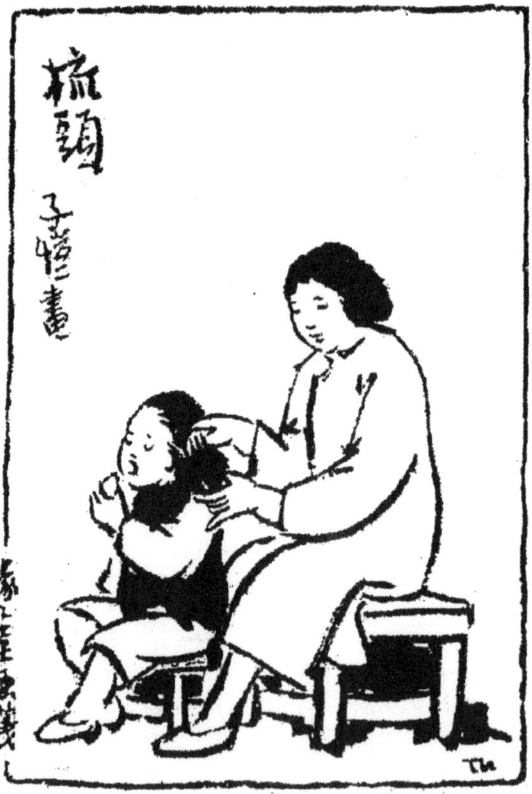

梳頭

註：載一九四八年三月二十七日天津《民國日報》。

有些楹楹叉叉了，便急忙起立，走向門口去想關門。但兩手剛觸着門，卻又覺得未免太暴躁了，就歇了手，只放下那積着許多灰塵的門幕。他一面想，這既無閉關自守之操切，也沒有開放門戶之不安：是很合於「中庸之道」[13]的。

「……所以主人的書房門永遠是關起來的。」他走回來，坐下，想，「有事要商量先敲門，得了許可才能進來，這辦法實在對。現在假如主人坐在自己的書房裏，主婦來談文藝了，也就先敲門。——這可以放心，她必不至於捧着白菜的。

「『Come in, please, my dear.』

「然而主人沒有工夫談文藝的時候怎麼辦呢？那麼，不理她，聽她站在外面老是剝剝的敲？這大約不行罷。或者《理想之良人》裏面都寫着，——那恐怕確是一部好小說，我如果有了稿費，也得去買他一部來看看……。」

---

[13] 儒家奉行的信條，南宋理學家朱熹所撰《中庸章句集注》云：「中者，不偏不倚，無過不及之名；庸，平常也。」

拍！

他腰骨筆直了，因為他根據經驗，知道這一聲「拍」是主婦的手掌打在他們的三歲的女兒的頭上的聲音。

「幸福的家庭，……」他聽到孩子的嗚咽了，但還是腰骨筆直的想，「孩子是生得遲的，生得遲。或者不如沒有，兩個人乾乾淨淨。——或者不如住在客店裏，甚麼都包給他們，一個人乾乾……」他聽得嗚咽聲高了起來，也就站了起來，鑽過門幕，想着，「馬克思在兒女的啼哭聲中還會做《資本論》，所以他是偉人，……」走出外間，開了風門，聞得一陣煤油氣。孩子就躺倒在門的右邊，臉向着地，一見他，便「哇」的哭出來了。

「阿阿，好好，莫哭莫哭，我的好孩子。」他彎下腰去抱她。

他抱了她回轉身，看見門左邊還站着主婦，也是腰骨筆直，然而兩手插腰，怒氣沖沖的似乎豫備開始練體操。

「連你也來欺侮我！不會幫忙，只會搗亂，——連油燈也要翻了他。晚上點甚麼？……」

若有所思
註：作於一九四七年十月。

「阿阿，好好，莫哭莫哭，」他把那些發抖的聲音放在腦後，抱她進房，摩着她的頭，說，「我的好孩子。」於是放下她，拖開椅子，坐下去，使她站在兩膝的中間，擎起手來道，「莫哭了呵，好孩子。爹爹做『貓洗臉』給你看。」他同時伸長頸子，伸出舌頭，遠遠的對着手掌舔了兩舔，就用這手掌向了自己的臉上畫圓圈。

「呵呵呵，花兒。」她

就笑起來了。

「是的是的，花兒。」他又連畫上幾個圓圈，這才歇了手，只見她還是笑迷迷的掛着眼淚對他看。他忽而覺得，她那可愛的天真的臉，正像五年前的她的母親，通紅的嘴唇尤其像，不過縮小了輪廓。那時也是晴朗的冬天，她聽得他說決計反抗一切阻礙，為她犧牲的時候，也就這樣笑迷迷的掛着眼淚對他看。他惘然的坐着，彷彿有些醉了。

「阿阿，可愛的嘴唇……」他想。

門幕忽然掛起。劈柴運進來了。

他也忽然驚醒，一定睛，只見孩子還是掛着眼淚，而且張開了通紅的嘴唇對他看。「嘴唇……」他向旁邊一瞥，劈柴正在進來，「……恐怕將來也就是五五二十五，九九八十一！……而且兩隻眼睛陰凄凄的……。」他想着，隨即粗暴的抓起那寫着一行題目和一堆算草的綠格紙來，揉了幾揉，又展開來給她拭去了眼淚和鼻涕。「好孩子，自己玩去罷。」他一面推開她，說；一面就將紙團用力的擲在紙簍裏。

但他又立刻覺得對於孩子有些抱歉了，重複回頭，目送着她獨自煢煢的出去；耳朵裏聽得木片聲。他想要定一定神，便又回轉頭，閉了眼睛，息了雜念，平心靜氣的坐着。他看見眼前浮出一朵扁圓的烏花，橙黃心，從左眼的左角漂到右，消失了；接着一朵明綠花，墨綠色的心；接着一座六株的白菜堆，屹然的向他疊成一個很大的A字。

一九二四年二月十八日

《幸福的家庭——擬許欽文》題解：

本篇於一九二四年二月十八日寫訖，繼「在酒樓上」寫完之後二日內又作此文，發表於一九二四年三月一日上海的《婦女雜誌》（月刊）第一卷第三號，篇末有作者的《附記》，但沒有收入《彷徨》書中。為讓讀者了解魯迅為何創作這篇小說，現附錄如下：

「我於去年在《晨報副鐫》上看見許欽文君的《理想的伴侶》的時候，就忽而想到這一篇的大意，且以為倘用了他的筆法來寫，倒是很合適的；然而也不夠單是這樣想。到昨天，又忽而想起來，又適值沒有別的事，於是就這樣的寫下來了。只是到末後，又似乎漸漸地出了軌，因為過於沉悶些。我覺得他的作品的收束；大抵是不至於如此沉悶些。但就大體而言，也仍然不能說不是「擬」。二月十八日燈下，在北京記。」擬也就是「摹仿」之意。

魯迅在一月個內，連寫了《祝福》、《在酒樓上》，緊接着又寫下本篇，關注的眼光從鄉村又轉向了都市裏那些追求西方生活形式的中國文化人身上。被「擬」的許欽文先生後來評說：「《幸福的家庭》寫一個作家，為着撈些稿費來維持生活，想投個機，給「幸福月報社」寫篇容易動人的稿子，標題《幸福的家庭》。這篇稿子終於沒有寫成功，有着兩個原因：一、內容設想不好；正當軍閥混戰，民不聊生，根本談不到幸福生活，所謂幸福的家庭，連在想像中都是組織不起來的。二、環境不適宜於寫作；吵吵鬧鬧的，剛想下筆，事情又發生，好容易把事情對付過去了，再想下筆，事情又發生，始終安靜不起來，終於把只寫了一行題目的綠格紙給女孩子拭了眼淚和鼻涕。」

小說的標題曰：《幸福的家庭》，令人想起托爾斯泰名作的開首的第一句話：「幸福的家庭都是幸福的，不幸福的家庭各有各的不幸」。在魯迅的小說中，呈現出其獨有的風格。

這篇小說的構思尤為精妙，表現出魯迅慣有的諷刺現實而兼具的幽默。也有魯迅對社會現實，小說主角的家庭的細心觀察，書中及最後出現的白菜造型A，又與小說開頭，小說主人公假定這「幸福的家庭」所在的地方叫作A。帶有隱諷的意味及後現實主義的看法。

肥皂

挖耳朵

註：此畫原收入《雲霓》（上海天馬書店一九三五年四月初版）。

四銘太太正在斜日光中背着北窗和她八歲的女兒秀兒糊紙錠，忽聽得又重又緩的布鞋底聲響，知道四銘進來了，並不去看他，只是糊紙錠。但那布鞋底聲卻愈響愈逼近，覺得終於停在她的身邊了，於是不免轉過眼去看，只見四銘就在她面前聳肩曲背的狠命掏着布馬掛底下的袍子的大襟後面的口袋。

他好容易曲曲折折的匯出手來，手裏就有一個小小的長方包，葵綠色的，一徑遞給四太太。她剛接到手，就聞到一陣似橄欖非橄欖的說不清的香味，還看見葵綠色的紙包上有一個金光燦爛的印子和許多細簇簇的花紋。秀兒即刻跳過來要搶着看，四太太趕忙推開她。

「上了街？……」她一面看，一面問。

「唔唔。」他看着她手裏的紙包，說。

於是這葵綠色的紙包被打開了，裏面還有一層很薄的紙，也是葵綠色，揭開薄紙，才露出那東西的本身來，光滑堅致，也是葵綠色，上面還有細簇簇的花紋，而薄紙原來卻是米色的，似橄欖非橄欖的說不清的香味也來得更濃了。

「唉唉，這實在是好肥皂。」她捧孩子似的將那葵綠色的東西送到鼻子下面去，嗅着說。

「唔唔，你以後就用這個……。」

她看見他嘴裏這麼說，眼光卻射在她的脖子上，便覺得顴骨以下的臉上似乎有些熱。她有時自己偶然摸到脖子上，尤其是耳朵後，指面上總感着些粗糙，本來早就知道是積年的老泥，但向來倒也並不很介意。現在在他的注視之下，對着這葵綠異香的洋肥皂，可不禁臉上有些發熱了，而且這熱又不絕的蔓延開去，即刻一徑到耳根。她於是就決定晚飯後要用這肥皂來拚命的洗一洗。

「有些地方，本來單用皂莢子[1]是洗不乾淨的。」她自對自的說。

「媽，這給我！」秀兒伸手來搶葵綠紙；在外面玩耍的小女兒招兒也跑到了。四太太趕忙推開她們，裹好薄紙，又照舊包上葵綠紙，欠過身去擱在洗臉台上最高的一層格子上，看一看，翻身仍然糊紙錠。

「學程！」四銘記起了一件事似的，忽而拖長了聲音叫，就在她對面的一把高背椅子上坐下了。

「學程！」她也幫着叫。

她停下糊紙錠，側耳一聽，甚麼響應也沒有，又見他仰着頭焦急的等着，不禁很有些抱歉了，便盡力提高了喉嚨，尖利的叫：

「絟兒呀！」

這一叫確乎有效，就聽到皮鞋聲橐橐的近來，不一會，絟兒已站在她面前了，只穿短衣，肥胖的圓臉上亮晶晶的流着油汗。

「你在做甚麼？怎麼爹叫也不聽見？」她譴責的說。

「我剛在練八卦拳[2]……。」他立即轉身向了四銘，筆挺的站着，看着他，意思是問他甚麼事。

「學程，我就要問你：『惡毒婦』是甚麼？」

---

(1) 本為中藥名，為豆科植物皂莢樹的果實，自漢代起，先民就取皂莢來洗衣、洗頭、護膚。周密的《武林舊事》中曾記南宋都城臨安（今杭州）街市上有一種橘子大小，用皂莢子粉做成的圓團，其名叫做「肥皂團」。

(2) 中國武術的著名拳種之一，與太極拳和形意拳並稱為三大內家拳，是一種以掌法變化和行步走轉為主的中國傳統拳術。

「『惡毒婦』？……那是，『很兇的女人』罷？……」

「胡說！胡鬧！」四銘忽而怒得可觀。「我是『女人』麼!?」

學程嚇得倒退了兩步，站得更挺了。他雖然有時覺得他走路很像上台的老生，卻從沒有將他當作女人看待，他知道自己答的很錯了。

「『惡毒婦』是『很兇的女人』，我倒不懂，得來請教你？——這不是中國話，是鬼子話，我對你說。這是甚麼意思，你懂麼？」

「我，……我不懂。」學程更加局促起來。

「嚇，我白化錢送你進學堂，連這一點也不懂。虧煞你的學堂還誇甚麼『口耳並重』，倒教得甚麼也沒有。說這鬼話的人至多不過十四五歲，比你還小些呢，已經嘰嘰咕咕的能說了，你卻連意思也說不出，還有這臉說『我不懂』！——現在就給我去查出來！」

學程在喉嚨底裏答應了一聲「是」，恭恭敬敬的退出去了。

「這真叫作不成樣子，」過了一會，四銘又慷慨的說，「現在的學生是。其實，在光緒年間，我就是最提倡開學堂的(3)，可萬料不到學堂的流弊竟至於如此之大：甚麼解放咧，自由咧，沒有實學，只會胡鬧。學程呢，為他化了的錢也不少了，都白化。好容易給他進了中西折中的學堂，英文又專是『口耳並重』的，你以為這該好了罷，哼，可是讀了一年，連『惡毒婦』也不懂，大約仍然是念死書。嚇，甚麼學堂，造就了些甚麼？我簡直說：應該統統關掉！」

「對咧，真不如統統關掉的好。」四太太糊着紙錠，同情的說。

「秀兒她們也不必進甚麼學堂了。『女孩子，念甚麼書？』九公公先前這樣說，反對女學的時候，我還攻擊他呢；可是現在看起來，究竟是老年人的話對。你想，女人一陣一陣的在街上走，已經很不雅觀的了，她們卻還要剪頭髮。我最恨的就是那些剪了頭髮的女學生，我簡直說，軍人土匪倒還情有可原，攪亂天下的就是她們，應該很嚴的辦一辦……。」

---

(3) 晚清光緒年間戊戌變法（一八九八年）前後，在維新派的推動下，中國開始興辦近代教育，開設學堂，編寫新的教科書以取代舊私塾教育，學堂傳播西方現代的科技文化及各種政治、社會學說。

源頭活水

註：此畫原收入《子愷近作漫畫集》（成都普益圖書館一九四一年十月初版）。

「對咧，男人都像了和尚還不夠，女人又來學尼姑了。」

「學程！」

學程正捧着一本小而且厚的金邊書快步進來，便呈給四銘，指着一處說：

「這倒有點像。這個……。」

四銘接來看時，知道是字典，但文字非常小，又是橫行的。他眉頭一皺，擎向窗口，細着眼睛，就學程所指的一行念過去：

「『第十八世紀創立之共濟講社(4)之稱』。——唔，不對。——這聲音是怎麼念的？」他指着前面的「鬼子」字，問。

「惡特拂羅斯（Oddfellows）。」

「不對，不對，不是這個。」四銘又忽而憤怒起來了。「我對你說：那是一句壞話，罵人的話，罵我這樣的人的。懂了麼？查去！」

學程看了他幾眼，沒有動。

「這是甚麼悶葫蘆，沒頭沒腦的？你也先得說說清，教他好用心的查去。」她看見學程為難，覺得可憐，便排解而且不滿似的說。

「就是我在大街上廣潤祥買肥皂的時候，」四銘呼出了一口氣，向她轉過臉去，說。「店裏又有三個學生在那裏買東西。我呢，從他們看起來，自然也怕太嚕蘇一點了罷。我一氣看了六七樣，都要四角多，沒有買；看一角一塊的，又太

⑷ 原英文名 Oddfellows，後以 Freemason 之名行世，又譯共濟社、共濟會，一七一七年於英格蘭成立的一個秘密結社，是一種類似宗教的兄弟會，已遍佈全球各地，是目前世界上最龐大的秘密組織之一。

壞，沒有甚麼香。我想，不如中通的好，便挑定了那綠的一塊，兩角四分。夥計本來是勢利鬼，眼睛生在額角上的，早就撅着狗嘴的了；可恨那學生這壞小子又都擠眉弄眼的說着鬼話笑。後來，我要打開來看一看才付錢：洋紙包着，怎麼斷得定貨色的好壞呢。誰知道那勢利鬼不但不依，還蠻不講理，說了許多可惡的廢話；壞小子們又附和着說笑。那一句是頂小的一個說的，而且眼睛看着我，他們就都笑起來了：可見一定是一句壞話。」他於是轉臉對着學程道，「你只要在『壞話類』裏去查去！」

學程在喉嚨底裏答應了一聲「是」，恭恭敬敬的退去了。

「他們還嚷甚麼『新文化新文化』，『化』到這樣了，還不夠？」他兩眼釘着屋樑，盡自說下去。「學生也沒有道德，社會上也沒有道德，再不想點法子來挽救，中國這才真個要亡了。——你想，那多麼可嘆？……」

「甚麼？」她隨口的問，並不驚奇。

「孝女。」他轉眼對着她，鄭重的說。「就在大街上，有兩個討飯的。一個是姑娘，看去該有十八九歲了。——其實這樣的年紀，討飯是很不相宜的了，可是她還討飯。——和一個六七十歲的老的，白頭髮，眼睛是瞎的，坐在布店的簷下求乞。大家多說她是孝女，那老的是祖母。她只要討得一點甚麼，便都獻給祖母吃，自己情願餓肚皮。可是這樣的孝女，有人肯佈施麼？」他射出眼光來釘住她，似乎要試驗她的識見。

她不答話，也只將眼光釘住他，似乎倒是專等他來說明。

「哼，沒有。」他終於自己回答說。「我看了好半天，只見一個人給了一文小錢；其餘的圍了一大圈，倒反去打趣。還有兩個光棍，竟肆無忌憚的說：『阿發，你不要看得這貨色髒。你只要去買兩塊肥皂來，咯支咯支遍身洗一洗，好得很哩！』哪，你想，這成甚麼話？」

「哼，」她低下頭去了，久之，才又懶懶的問，「你給了錢麼？」

「我麼？——沒有。一兩個錢，是不好意思拿出去的。她不是平常的討飯，總得……。」

「嗡。」她不等說完話，便慢慢地站起來，走到廚下去。昏黃只顯得濃密，已經是晚飯時候了。

四銘也站起身，走出院子去。天色比屋子裏還明亮，學程就在牆角落上練習八卦拳：這是他的「庭訓」(5)，利用晝夜之交的時間的經濟法，學程奉行了將近大半年了。他贊許似的微微點一點頭，便反背着兩手在空院子裏來回的踱方步。不多久，那惟一的盆景萬年青的闊葉又已消失在昏暗中，破絮一般的白雲間閃出星點，黑夜就從此開頭。四銘當這時候，便也不由的感奮起來，彷彿就要大有所為，與周圍的壞學生以及惡社會宣戰。他意氣漸漸勇猛，腳步愈跨愈大，布鞋底聲也愈走愈響，嚇得早已睡在籠子裏的母雞和小雞也都唧唧足足的叫起來了。

堂前有了燈光，就是號召晚餐的烽火，合家的人們便都齊集在中央的桌子周圍。燈在下橫；上首是四銘一人居中，也是學程一般肥胖的圓臉，但多兩撇細鬍子，在菜湯的熱氣裏，獨據一面，很像廟裏的財神。左橫是四太太帶着招兒；右橫是學程和秀兒一列。碗筷聲雨點似的響，雖然大家不言語，也就是很熱鬧的晚餐。

招兒帶翻了飯碗了，菜湯流得小半桌。四銘盡量的睜大了細眼睛瞪着看得她要哭，這才收回眼光，伸筷自去夾那早先看中了的一個菜心去。可是菜心已經不見了，他左右一瞥，就發見學程剛剛夾着塞進他張得很大的嘴裏去，他於是只好無聊的吃了一筷黃菜葉。

「學程，」他看着他的臉說，「那一句查出了沒有？」

「那一句？——那還沒有。」

「哼，你看，也沒有學問，也不懂道理，單知道吃！學學那個孝女罷，做了乞丐，還是一味孝順祖母，自己情願餓肚子。但是你們這些學生那裏知道這些，肆無忌憚，將來只好像那光棍……。」

「想倒想着了一個，但不知可是。——我想，他們說的也許是『阿爾特膚爾』[6]。」

---

(5) 典出《論語．季氏》：孔子「嘗獨立，鯉（註：孔子的兒子）趨而過庭」，孔子教以學《詩》、《禮》。後人因稱父教為「庭訓」。

(6) 英語 Old fool 的音譯漢字，意為「老傻瓜」。

「哦哦，是的！就是這個！他們說的就是這樣一個聲音：『惡毒夫咧。』這是甚麼意思？你也就是他們這一黨：你知道的。」

「意思，——意思我不很明白。」

「胡說！瞞我。你們都是壞種！」

「『天不打吃飯人』，你今天怎麼盡鬧脾氣，連吃飯時候也是打雞罵狗的。他們小孩子們知道甚麼。」四太太忽而說。

「甚麼？」四銘正想發話，但一回頭，看見她陷下的兩頰已經鼓起，而且很變了顏色，三角形的眼裏也發着可怕的光，便趕緊改口說，「我也沒有鬧甚麼脾氣，我不過教學程應該懂事些。」

「他那裏懂得你心裏的事呢。」她可是更氣忿了。「他如果能懂事，早就點了燈籠火把，尋了那孝女來了。好在你已經給她買好了一塊肥皂在這裏，只要再去買一塊……」

「胡說！那話是那光棍說的。」

「不見得。只要再去買一塊，給她咯支咯支的遍身洗一洗，供起來，天下也

張家長，李家短。

註：此畫原收入《劫餘漫畫》（上海萬葉書店一九四七年五月初版）。

就太平了。」

「甚麼話？那有甚麼相干？我因為記起了你沒有肥皂……」

「怎麼不相干？你是特誠買給孝女的，你咯支咯支的去洗去。我不配，我不要，我也不要沾孝女的光。」

「這真是甚麼話？你們女人……」四銘支吾着，臉上也像學程練了八卦拳之後似的流出油汗來，但大約大半也因為吃了太熱的飯。

「我們女人怎麼樣？我們女人，比你們男人好得多。你們男人不是罵十八九歲的女學生，就是稱讚十八九歲的女討飯：都不是甚麼好心思。『咯支咯支』，簡直是不要臉！」

「我不是已經說過了？那是一個光棍……」

「四翁！」外面的暗中忽然起了極響的叫喊。

「道翁麼？我就來！」四銘知道那是高聲有名的何道統，便遇赦似的，也高興的大聲說。「學程，你快點燈照何老伯到書房去！」

學程點了燭，引着道統走進西邊的廂房裏，後面還跟着卜薇園。

「失迎失迎，對不起。」四銘還嚼着飯，出來拱一拱手，說。「就在舍間用便飯，何如？……」

「已經偏過了。」薇園迎上去，也拱一拱手，說。「我們連夜趕來，就為了那移風文社[7]的第十八屆徵文題目，明天不是『逢七』麼？」

「哦！今天十六？」四銘恍然的說。

「你看，多麼糊塗！」道統大嚷道。

「那麼，就得連夜送到報館去，要他明天一準登出來。」

「文題我已經擬下了。你看怎樣，用得用不得？」道統說着，就從手巾包裹挖出一張紙條來交給他。

四銘踱到燭台面前，展開紙條，一字一字的讀下去：

---

(7) 詩社之名，典出《詩經．關雎》之義曰：「先王以是經夫婦，成孝敬，敦人倫、美教化，移風俗……」，該詩社取「移風」為其社名。

「『恭擬全國人民合詞籲請貴大總統特頒明令專重聖經崇祀孟母(8)以挽頹風而存國粹文』。——好極好極。可是字數太多了罷？」

「不要緊的！」道統大聲說。「我算過了，還無須乎多加廣告費。但是詩題呢？」

「詩題麼？」四銘忽而恭敬之狀可掬了。「我倒有一個在這裏：孝女行(9)。那是實事，應該表彰表彰她。我今天在大街上……」

「哦哦，那不行。」薇園連忙搖手，打斷他的話。「那是我也看見的。她大概是『外路人』，我不懂她的話，她也不懂我的話，不知道她究竟是那裏人。大家倒都說她是孝女；然而我問她可能做詩，她搖搖頭。要是能做詩，那就好了。」

「然而忠孝是大節，不會做詩也可以將就……。」

「那倒不然，而孰知不然！」薇園攤開手掌，向四銘連搖帶推的奔過去，力爭說。「要會做詩，然後有趣。」

「我們，」四銘推開他，「就用這個題目，加上說明，登報去。一來可以表彰表彰她；二來可以借此針砭社會。現在的社會還成個甚麼樣子，我從旁考察了好半天，竟不見有甚麼人給一個錢，這豈不是全無心肝……」

「阿呀，四翁！」薇園又奔過來，「你簡直是在『對着和尚罵賊禿』了。我就沒有給錢，我那時恰恰身邊沒有帶着。」

「不要多心，薇翁。」四銘又推開他，「你自然在外，又作別論。你聽我講下去：她們面前圍了一大群人，毫無敬意，只是打趣。還有兩個光棍，那是更其肆無忌憚了，有一個簡直說，『阿發，你去買兩塊肥皂來，咯支咯支遍身洗一洗，好得很哩。』你想，這……」

「哈哈哈！兩塊肥皂！」道統的響亮的笑聲突然發作了，震得人耳朵喤喤的叫。「你買，哈哈，哈哈！」

「道翁，道翁，你不要這麼嚷。」四銘吃了一驚，慌張的說。

---

(8) 孟軻（孟子）的母親之簡稱。孟母三遷，斷機杼，已被譽為教育有方的古代家教模範。

(9) 古樂府中有《孝女歌》，「行」為民間歌謠的一種文體。

「咯支咯支，哈哈！」

「道翁！」四銘沉下臉來了，「我們講正經事，你怎麼只胡鬧，鬧得人頭昏。你聽，我們就用這兩個題目，即刻送到報館去，要他明天一準登出來。這事只好偏勞你們兩位了。」

「可以可以，那自然。」薇園極口應承說。

「呵呵，洗一洗，咯支……唏唏……」

「道翁!!!」四銘憤憤的叫。

道統給這一喝，不笑了。他們擬好了說明，薇園謄在信箋上，就和道統跑往報館去。四銘拿着燭台，送出門口，回到堂屋的外面，心裏就有些不安逸，但略一躊躕，也終於跨進門檻去了。他一進門，迎頭就看見中央的方桌中間放着那肥皂的葵綠色的小小的長方包，包中央的金印子在燈光下明晃晃的發閃，周圍還有細小的花紋。

秀兒和招兒都蹲在桌子下橫的地上玩；學程坐在右橫查字典。最後在離燈最遠的陰影裏的高背椅子上發見了四太太，燈光照處，見她死板板的臉上並不顯出甚麼喜怒，眼睛也並不看着甚麼東西。

「咯支咯支，不要臉不要臉……」

四銘微微的聽得秀兒在他背後說，回頭看時，甚麼動作也沒有了，只有招兒還用了她兩隻小手的指頭在自己臉上抓。

他覺得存身不住，便熄了燭，踱出院子去。他來回的踱，一不小心，母雞和小雞又唧唧足足的叫了起來，他立即放輕腳步，並且走遠些。經過許多時，堂屋裏的燈移到臥室裏去了。他看見一地月光，彷彿滿鋪了無縫的白紗，玉盤似的月亮現在白雲間，看不出一點缺。

他很有些悲傷，似乎也像孝女一樣，成了「無告之民」[10]，孤苦零丁了。他這一夜睡得非常晚。

但到第二天的早晨，肥皂就被錄用了。這日他比平日起得遲，看見她已經伏

---

(10) 語出《禮記．王制》，曰：「孤、獨、鰥、寡四者，天民之窮而無告者也」。無告，有苦無處訴說之意。

在洗臉台上擦脖子，肥皂的泡沫就如大螃蟹嘴上的水泡一般，高高的堆在兩個耳朵後，比起先前用皂莢時候的只有一層極薄的白沫來，那高低真有霄壤之別了。從此之後，四太太的身上便總帶着些似橄欖非橄欖的說不清的香味；幾乎小半年，這才忽而換了樣，凡有聞到的都說那可似乎是檀香。

一九二四年三月二十二日

《肥皂》題解：

本篇最初發表於一九二四年三月二十七、二十八日的北京《晨報副鐫》上，後收入《彷徨》。

魯迅小說的內容都是他本人所熟悉的環境、人物，帶有那個時代的鮮明印記。本篇以《肥皂》為名，肯定是出自魯迅對周遭人物細心的觀察而創作出來的。當然，他不是照相機般的「寫真」，而是以現代小說的筆法來將一件家長里短般的小事、家庭的「伴嘴」寫成了一篇令人讀來津津有味的故事，其語言之生動，描寫的神態之畢肖，堪稱佳品之作。

小說創作最難的不是描繪大場面，大衝突的「大事件」，而是畫家們所謂的「畫鬼容易畫人難」，鬼魅何種模樣？言人人殊，要多誇張就可多誇張，但人，尤其是庸庸碌碌，默默無聞的人，要寫活這些人是最難的。魯迅將目光投注在這些平庸的人物和普通的家庭之上，確實十分別致。

長明燈

春陰的下午，吉光屯(1)唯一的茶館子裏的空氣又有些緊張了，人們的耳朵裏，彷彿還留着一種微細沉實的聲息——

「熄掉他罷！」

但當然並不是全屯的人們都如此。這屯上的居民是不大出行的，動一動就須查黃曆(2)，看那上面是否寫着「不宜出行」；倘沒有寫，出去也須先走喜神方，迎吉利。不拘禁忌地坐在茶館裏的不過幾個以豁達自居的青年人，但在蟄居人的意中卻以為個個都是敗家子。

現在也無非就是這茶館裏的空氣有些緊張。

「還是這樣麼？」三角臉的拿起茶碗，問。

「聽說，還是這樣，」方頭說，「還是盡說『熄掉他熄掉他』。眼光也越加發閃了。見鬼！這是我們屯上的一個大害，你不要看得微細。我們倒應該想個法子來除掉他！」

「除掉他，算甚麼一回事。他不過是一個……。甚麼東西！造廟的時候，他的祖宗就捐過錢，現在他卻要來吹熄長明燈。這不是不肖子孫？我們上縣去，送他忤逆！」闊亭捏了拳頭，在桌上一擊，慷慨地說。一隻斜蓋着的茶碗蓋子也噫的

---

〔1〕屯，一般指村落，這故事發生的地點不在城裏，而是京郊的農村，與其他篇章中的「吉兆胡同」一樣，以「吉祥」之意反諷之。

〔2〕舊時的曆時是由朝廷頒佈的，主要是因應農時節令，因以黃紙印製，民間遂稱之為「黃曆」。因中國是一個農耕文明的古國，節令時日對農事十分重要。據說最早的《太陰曆》創製於堯帝，以月圓月缺間隔為量，又稱《農民曆》。每一個時代的「黃曆」都不盡相同。除了節令之外，常加上「宜忌」等。與現時香港每年的「通勝」上附註的「宜忌」相似。

但願得河清人壽

註：此畫原收入《劫餘漫畫》（上海萬葉書店一九四七年五月初版）。

一聲，翻了身。

「不成。要送忤逆，須是他的父母，母舅……」方頭說。

「可惜他只有一個伯父……」闊亭立刻頹唐了。

「闊亭！」方頭突然叫道。「你昨天的牌風可好？」

闊亭睜着眼看了他一會，沒有便答；胖臉的莊七光已經放開喉嚨嚷起來了：

「吹熄了燈，我們的吉光屯還成甚麼吉光屯，不就完了麼？老年人不都說麼：這燈還是梁武帝[3]點起的，一直傳下來，沒有熄過；連長毛[4]造反的時候也沒有熄過……。你看，嘖，那火光不是綠瑩瑩的麼？外路人經過這裏的都要看一看，都稱讚……。嘖，多麼好……。他現在這麼胡鬧，甚麼意思？……」

---

(3) 南北朝時代梁國蕭衍（四六四—五四九），廟號：高祖。在位四十八年，篤信佛教，曾四次捨身當和尚。小說中灰五嬸誤稱之為「梁五弟」，因五與「武」諧音。

(4) 指太平天國的軍隊。洪秀全等造反時，針對清朝的「留髮不留頭」的「辮子政令」而反之。留髮而不結辮，因而民間一般稱之為「長毛」。

「他不是發了瘋麼？你還沒有知道？」方頭帶些藐視的神氣說。

「哼，你聰明！」莊七光的臉上就走了油。

「我想：還不如用老法子騙他一騙，」灰五嬸，本店的主人兼工人，本來是旁聽着的，看見形勢有些離了她專注的本題了，便趕忙來岔開紛爭，拉到正經事上去。

「甚麼老法子？」莊七光詫異地問。

「他不是先就發過一回瘋麼，和現在一模一樣。那時他的父親還在，騙了他一騙，就治好了。」

「怎麼騙？我怎麼不知道？」莊七光更其詫異地問。

「你怎麼會知道？那時你們都還是小把戲呢，單知道喝奶拉矢。便是我，那時也不這樣。你看我那時的一雙手呵，真是粉嫩粉嫩……」

「你現在也還是粉嫩粉嫩……」方頭說。

「放你媽的屁！」灰五嬸怒目地笑了起來，「莫胡說了。我們講正經話。他那時也還年青哩；他的老子也就有些瘋的。聽說：有一天他的祖父帶他進社廟去，教他拜社老爺，瘟將軍，王靈官(5)老爺，他就害怕了，硬不拜，跑了出來，從此便有些怪。後來就像現在一樣，一見人總和他們商量吹熄正殿上的長明燈。他說熄了便再不會有蝗蟲和病痛，真是像一件天大的正事似的。大約那是邪祟附了體，怕見正路神道了。要是我們，會怕見社老爺麼？你們的茶不冷了麼？對一點熱水罷。好，他後來就自己闖進去，要去吹。他的老子又太疼愛他，不肯將他鎖起來。呵，後來不是全屯動了公憤，和他老子去吵鬧了麼？可是，沒有辦法，——幸虧我家的死鬼(6)那時還在，給想了一個法：將長明燈用厚棉被一圍，漆漆黑黑地，領他去看，說是已經吹熄了。」

「唉唉，這真虧他想得出。」三角臉吐一口氣，說，不勝感服之至似的。

「費甚麼這樣的手腳，」闊亭憤憤地說，「這樣的東西，打死了就完了，嚇！」

(5) 民間信仰中的諸神名稱，各地都有一些民間信奉的神祇。社老爺即土地神；瘟將軍就是掌管瘟疫之神；王靈官則是天兵天將，道觀中多奉為鎮守山門的神。

(6) 該屯的粗女人有時以此稱自己的亡夫。

「那怎麼行？」她吃驚地看着他，連忙搖手道，「那怎麼行！他的祖父不是捏過印靶子(7)的麼？」

闊亭們立刻面面相覷，覺得除了「死鬼」的妙法以外，也委實無法可想了。

「後來就好了的！」她又用手背抹去一些嘴角上的白沫，更快地說，「後來全好了的！他從此也就不再走進廟門去，也不再提起甚麼來，許多年。不知道怎麼這回看了賽會之後不多幾天，又瘋了起來了。哦，同先前一模一樣。午後他就走過這裏，一定又上廟裏去了。你們和四爺商量商量去，還是再騙他一騙好。那燈不是梁五弟點起來的麼？不是說，那燈一滅，這裏就要變海，我們就都要變泥鰍麼？你們快去和四爺商量商量罷，要不……」

「我們還是先到廟前去看一看，」方頭說着，便軒昂地出了門。

闊亭和莊七光也跟着出去了。三角臉走得最後，將到門口，回過頭來說道：

「這回就記了我的賬！入他……。」

灰五嬸答應着，走到東牆下拾起一塊木炭來，就在牆上畫有一個小三角形和一串短短的細線的下面，畫添了兩條線。

他們望見社廟的時候，果然一併看到了幾個人：一個正是他，兩個是閒看的，三個是孩子。

但廟門卻緊緊地關着。

「好！廟門還關着。」闊亭高興地說。

他們一走近，孩子們似乎也都膽壯，圍近去了。本來對了廟門立着的他，也轉過臉來對他們看。

他也還如平常一樣，黃的方臉和藍布破大衫，只在濃眉底下的大而且長的眼睛中，略帶些異樣的光閃，看人就許多工夫不眨眼，並且總含着悲憤疑懼的神情。短的頭髮上黏着兩片稻草葉，那該是孩子暗暗地從背後給他放上去的，因為他們向他頭上一看之後，就都縮了頸子，笑着將舌頭很快地一伸。

他們站定了，各人都互看着別個的臉。

(7) 做過實缺官的意思。

「你幹甚麼？」但三角臉終於走上一步，詰問了。

「我叫老黑開門，」他低聲，溫和地說。「就因為那一盞燈必須吹熄。你看，三頭六臂的藍臉，三隻眼睛，長帽，半個的頭，牛頭和豬牙齒，都應該吹熄……吹熄。吹熄，我們就不會有蝗蟲，不會有豬嘴瘟……。」

「唏唏，胡鬧！」闊亭輕蔑地笑了出來，「你吹熄了燈，蝗蟲會還要多，你就要生豬嘴瘟！」

「唏唏！」莊七光也陪着笑。

一個赤膊孩子擎起他玩弄着的葦子，對他瞄準着，將櫻桃似的小口一張，道：

「吧！」

「你還是回去罷！倘不，你的伯伯會打斷你的骨頭！燈麼，我替你吹。你過幾天來看就知道。」闊亭大聲說。

他兩眼更發出閃閃的光來，釘一般看定闊亭的眼，使闊亭的眼光趕緊辟易了。

「你吹？」他嘲笑似的微笑，但接着就堅定地說，「不能！不要你們。我自己去熄，此刻去熄！」

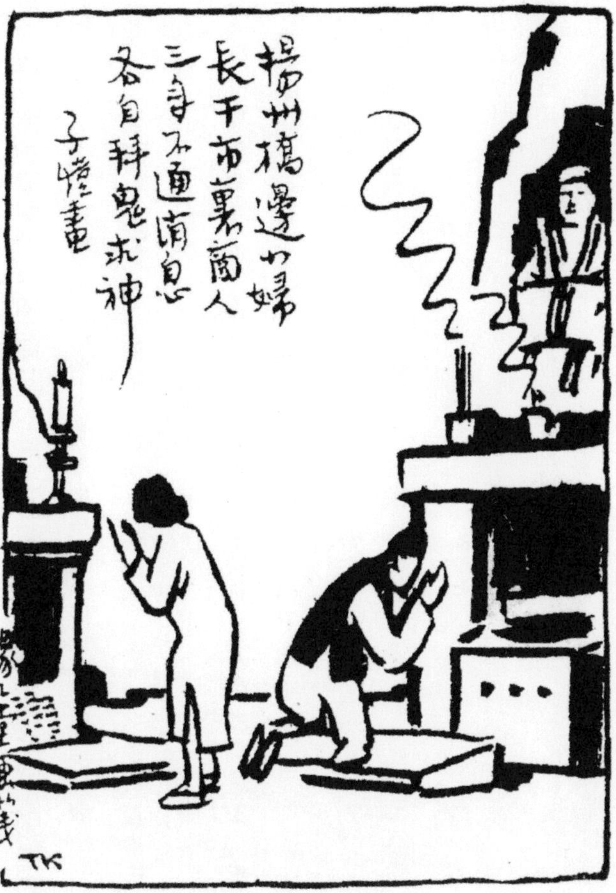
揚州橋邊小婦
長干市裏商人
三年不通消息
各自拜鬼求神
子愷畫

揚州橋邊小婦，長干市裏商人。三年不通消息，各自拜鬼求神。

註：此畫原收入《豐子愷畫存》（天津民國日報社一九四八年三月初版）。

闊亭便立刻頽唐得酒醒之後似的無力；方頭卻已站上去了，慢慢地說道：

「你是一向懂事的，這一回可是太糊塗了。讓我來開導你罷，你也許能夠明白。就是吹熄了燈，那些東西不是還在麼？不要這麼傻頭傻腦了，還是回去！睡覺去！」

「我知道的，熄了也還在。」他忽又現出陰鷙的笑容，但是立即收斂了，沉實地說道，「然而我只能姑且這麼辦。我先來這麼辦，容易些。我就要吹熄他，自己熄！」他說着，一面就轉過身去竭力地推廟門。

「喂！」闊亭生氣了，「你不是這裏的人麼？你一定要我們大家變泥鰍麼？回去！你推不開的，你沒有法子開的！吹不熄的！還是回去好！」

「我不回去！我要吹熄他！」

「不成！你沒法開！」

「………」

「你沒法開！」

「那麼，就用別的法子來。」他轉臉向他們一瞥，沉靜地說。

「哼，看你有甚麼別的法。」

「…………」
「看你有甚麼別的法！」
「我放火。」
「甚麼？」闊亭疑心自己沒有聽清楚。
「我放火！」
沉默像一聲清磬，搖曳着尾聲，周圍的活物都在其中凝結了。但不一會，就有幾個人交頭接耳，不一會，又都退了開去；兩三人又在略遠的地方站住了。廟後門的牆外就有莊七光的聲音喊道：
「老黑呀，不對了！你廟門要關得緊！老黑呀，你聽清了麼？關得緊！我們去想了法子就來！」
但他似乎並不留心別的事，只閃爍着狂熱的眼光，在地上，在空中，在人身上，迅速地搜查，彷彿想要尋火種。
方頭和闊亭在幾家的大門裏穿梭一般出入了一通之後，吉光屯全局頓然擾動了。許多人們的耳朵裏，心裏，都有了一個可怕的聲音：「放火！」但自然還有多少更深的蟄居人的耳朵裏心裏是全沒有。然而全屯的空氣也就緊張起來，凡有感得這緊張的人們，都很不安，彷彿自己就要變成泥鰍，天下從此毀滅。他們自然也隱約知道毀滅的不過是吉光屯，但也覺得吉光屯似乎就是天下。

這事件的中樞，不久就湊在四爺的客廳上了。坐在首座上的是年高德劭的郭老娃，臉上已經皺得如風乾的香橙，還要用手捋着下頦上的白鬍鬚，似乎想將他們拔下。

「上半天，」他放鬆了鬍子，慢慢地說，「西頭，老富的中風，他的兒子，就說是：因為，社神不安，之故。這樣一來，將來，萬一有，甚麼，雞犬不寧，的事，就難免要到，府上……是的，都要來到府上，麻煩。」

「是麼，」四爺也捋着上唇的花白的鯰魚鬚，卻悠悠然，彷彿全不在意模樣，說，「這也是他父親的報應呵。他自己在世的時候，不就是不相信菩薩麼？我那時就和他不合，可是一點也奈何他不得。現在，叫我還有甚麼法？」

「我想，只有，一個。是的，有一個。明天，捆上城去，給他在那個，那個城隍廟裏，擱一夜，是的，擱一夜，趕一趕，邪祟。」

闊亭和方頭以守護全屯的勞績，不但第一次走進這一個不易瞻仰的客廳，並且還坐在老娃之下和四爺之上，而且還有茶喝。他們跟着老娃進來，報告之後，就只是喝茶，喝乾之後，也不開口，但此時闊亭忽然發表意見了：

「這辦法太慢！他們兩個還管着呢。最要緊的是馬上怎麼辦。如果真是燒將起來……」

郭老娃嚇了一跳，下巴有些發抖。

「如果真是燒將起來……」方頭搶着說。

「那麼，」闊亭大聲道，「就糟了！」

一個黃頭髮的女孩子又來沖上茶。闊亭便不再說話，立即拿起茶來喝。渾身一抖，放下了，伸出舌尖來舐了一舐上嘴唇，揭去碗蓋噓噓地吹着。

「真是拖累煞人！」四爺將手在桌上輕輕一拍，「這種子孫，真該死呵！唉！」

「的確，該死的。」闊亭抬起頭來了，「去年，連各莊就打死一個：這種子孫。大家一口咬定，說是同時同刻，大家一齊動手，分不出打第一下的是誰，後來甚麼事也沒有。」

「那又是一回事。」方頭說，「這回，他們管着呢。我們得趕緊想法子。我想……」

老娃和四爺都肅然地看着他的臉。

「我想：倒不如姑且將他關起來。」

「那倒也是一個妥當的辦法。」四爺微微地點一點頭。

「妥當！」闊亭說。

「那倒，確是，一個妥當的，辦法。」老娃說，「我們，現在，就將他，拖到府上來。府上，就趕快，收拾出，一間屋子來。還，準備着，鎖。」

「屋子？」四爺仰了臉，想了一會，說，「舍間可是沒有這樣的閒房。他也說不定甚麼時候才會好……」

「就用，他，自己的……」老娃說。

「我家的六順，」四爺忽然嚴肅而且悲哀地說，聲音也有些發抖了。「秋天就要娶親……。你看，他年紀這麼大了，單知道發瘋，不肯成家立業。舍弟也做了一世人，雖然也不大安分，可是香火總歸是絕不得的……。」

「那自然！」三個人異口同音地說。

「六順生了兒子，我想第二個就可以過繼給他。但是，——別人的兒子，可以白要的麼？」

「那不能！」三個人異口同音地說。

「這一間破屋，和我是不相干；六順也不在乎此。可是，將親生的孩子白白給人，做母親的怕不能就這麼鬆爽罷？」

「那自然！」三個人異口同音地說。

四爺沉默了。三個人交互看着別人的臉。

「我是天天盼望他好起來，」四爺在暫時靜穆之後，這才緩緩地說，「可是他總不好。也不是不好，是他自己不要好。無法可想，就照這一位所說似的關起來，免得害人，出他父親的醜，也許倒反好，倒是對得起他的父親……。」

「那自然，」闊亭感動的說，「可是，房子……」

「廟裏就沒有閒房？……」四爺慢騰騰地問道。

「有！」闊亭恍然道，「有！進大門的西邊那一間就空着，又只有一個小方窗，粗木直柵的，決計挖不開。好極了！」

老娃和方頭也頓然都顯了歡喜的神色；闊亭吐一口氣，尖着嘴唇就喝茶。

未到黃昏時分，天下已經泰平，或者竟是全都忘卻了，人們的臉上不特已不緊張，並且早褪盡了先前的喜悅的痕跡。在廟前，人們的足跡自然比平日多，但不久也就稀少了。只因為關了幾天門，孩子們不能進去玩，便覺得這一天在院子裏格外玩得有趣，吃過了晚飯，還有幾個跑到廟裏去遊戲，猜謎。

「你猜。」一個最大的說，「我再說一遍：

白篷船，紅划楫，

搖到對岸歇一歇，

點心吃一些，

戲文唱一齣。」

「那是甚麼呢？『紅划楫』的。」一個女孩說。

「我說出來罷，那是……」

「慢一慢！」生癩頭瘡的說，「我猜着了：航船。」

「航船。」赤膊的也道。

「哈，航船？」最大的道，「航船是搖櫓的。他會唱戲文麼？你們猜不着。我說出來罷……」

「慢一慢，」癩頭瘡還說。

「哼，你猜不着。我說出來罷，那是：鵝。」

「鵝！」女孩笑着說，「紅划楫的。」

「怎麼又是白篷船呢？」赤膊的問。

「我放火！」

孩子們都吃驚，立時記起他來，一齊注視西廂房，又看見一隻手扳着木柵，一隻手撕着木皮，其間有兩隻眼睛閃閃地發亮。

沉默只一瞬間，癩頭瘡忽而發一聲喊，拔步就跑；其餘的也都笑着嚷着跑出去了。赤膊的還將葦子向後一指，從喘吁吁的櫻桃似的小嘴唇裏吐出清脆的一聲道：

「吧！」

從此完全靜寂了，暮色下來，綠瑩瑩的長明燈更其分明地照出神殿，神龕，而且照到院子，照到木柵裏的昏暗。

孩子們跑出廟外也就立定，牽着手，慢慢地向自己的家走去，都笑吟吟地，合唱着隨口編派的歌：

「白篷船，對岸歇一歇。
此刻熄，自己熄。
戲文唱一齣。
我放火！哈哈哈！
火火火，點心吃一些。
戲文唱一齣。
…………
………
……」

一九二五年三月一日

《長明燈》題解：

本篇最初連載於北京《民國日報．副刊》一九二五年三月五日至八日，據《魯迅日記》記載，此篇寫作於一九二五年二月二十八日。這也是魯迅從北京八道灣的房子搬出來後搬入西三條胡同「老虎尾巴」後開始寫作的第一篇小說。

《長明燈》所描寫的是發生在民國時期農村中的一個故事。雖然辛亥革命已經成功十幾年了，但農村中依然一切如舊，事關一個村落裏出了一個「瘋子」，這瘋子要熄掉村民敬神的廟裏的千百年傳下來的「長明燈」，因此引起了大小村民的恐慌。這個叛逆的青年與《狂人日記》中的狂人一樣，成為「愚民」們的一塊心病。不過是想「熄掉」一盞廟裏的油燈，竟然受到全體村民的反對。魯迅想通過這篇小說反映出要除舊佈新是一件多麼不容易的「改革」！

示眾

都市月夜
註：作於一九四七年九月。

首善之區[1]的西城的一條馬路上，這時候甚麼擾攘也沒有。火燄燄的太陽雖然還未直照，但路上的沙土彷彿已是閃爍地生光；酷熱滿和在空氣裏面，到處發揮着盛夏的威力。許多狗都拖出舌頭來，連樹上的烏老鴉也張着嘴喘氣，——但是，自然也有例外的。遠處隱隱有兩個銅盞[2]相擊的聲音，使人憶起酸梅湯，依稀感到涼意，可是那懶懶的單調的金屬音的間作，卻使那寂靜更其深遠了。

只有腳步聲，車夫默默地前奔，似乎想趕緊逃出頭上的烈日。

「熱的包子咧！剛出屜的……。」

十一二歲的胖孩子，細着眼睛，歪了嘴在路旁的店門前叫喊。聲音已經嘶嗄了，還帶些睡意，如給夏天的長日催眠。他旁邊的破舊桌子上，就有二三十個饅頭包子，毫無熱氣，冷冷地坐着。

---

(1) 成語詞語，指寫作此文時正值北洋軍閥時代，北洋政府以北京為其執政之地。又稱「首都」。典出《漢書．儒林傳序》載：「故教化之行也，建首都，自京師始。」

(2) 一種酒盞形的銅器。其時北京賣酸梅湯的小販，走街串巷，用兩個銅盞相扣，發出聲音，以招徠顧客。

「荷阿！饅頭包子咧，熱的……。」

像用力擲在牆上而反撥過來的皮球一般，他忽然飛在馬路的那邊了。在電杆旁，和他對面，正向着馬路，其時也站定了兩個人：一個是淡黃制服的掛刀的面黃肌瘦的巡警，手裏牽着繩頭，繩的那頭就拴在別一個穿藍布大衫上罩白背心的男人的臂膊上。這男人戴一頂新草帽，帽檐四面下垂，遮住了眼睛的一帶。但胖孩子身體矮，仰起臉來看時，卻正撞見這人的眼睛了。那眼睛也似乎正在看他的腦殼。他連忙順下眼，去看白背心，只見背心上一行一行地寫着些大大小小的甚麼字。

剎時間，也就圍滿了大半圈的看客。待到增加了禿頭的老頭子之後，空缺已經不多，而立刻又被一個赤膊的紅鼻子胖大漢補滿了。這胖子過於橫闊，佔了兩人的地位，所以續到的便只能屈在第二層，從前面的兩個脖子之間伸進腦袋去。

禿頭站在白背心的略略正對面，彎了腰，去研究背心上的文字，終於讀起來：

「嗡，都，哼，八，而，……」

胖孩子卻看見那白背心正研究着這發亮的禿頭，他也便跟着去研究，就只見滿頭光油油的，耳朵左近還有一片灰白色的頭髮，此外也不見得有怎樣新奇。

但是後面的一個抱着孩子的老媽子卻想乘機擠進來了；禿頭怕失了位置，連忙站直，文字雖然還未讀完，然而無可奈何，只得另看白背心的臉：草帽檐下半個鼻子，一張嘴，尖下巴。

又像用了力擲在牆上而反撥過來的皮球一般，一個小學生飛奔上來，一手按住了自己頭上的雪白的小布帽，向人叢中直鑽進去。但他鑽到第三——也許是第四——層，竟遇見一件不可動搖的偉大的東西了，抬頭看時，藍褲腰上面有一座赤條條的很闊的背脊，背脊上還有汗正在流下來。他知道無可措手，只得順着褲腰右行，幸而在盡頭發見了一條空處，透着光明。他剛剛低頭要鑽的時候，只聽得一聲「甚麼」，那褲腰以下的屁股向右一歪，空處立刻閉塞，光明也同時不見了。

但不多久，小學生卻從巡警的刀旁邊鑽出來了。他詫異地四顧：外面圍着一圈人，上首是穿白背心的，那對面是一個赤膊的胖小孩，胖小孩後面是一個赤膊的紅鼻子胖大漢。他這時隱約悟出先前的偉大的障礙物的本體了，便驚奇而且佩服似的只望着紅鼻子。胖小孩本是注視着小學生的臉的，於是也不禁依了他的眼

真戲

註：此畫原收入《劫餘漫畫》（上海萬葉書店一九四七年五月初版）。

光，回轉頭去了，在那裏是一個很胖的奶子，奶頭四近有幾枝很長的毫毛。

「他，犯了甚麼事啦？……」

大家都愕然看時，是一個工人似的粗人，正在低聲下氣地請教那禿頭老頭子。

禿頭不作聲，單是睜起了眼睛看定他。他被看得順下眼光去，過一會再看時，禿頭還是睜起了眼睛看定他，而且別的人也似乎都睜了眼睛看定他。他於是彷彿自己就犯了罪似的局促起來，終至於慢慢退後，溜出去了。一個挾洋傘的長子就來補了缺；禿頭也旋轉臉去再看白背心。

長子彎了腰，要從垂下的草帽檐下去賞識白背心的臉，但不知道為甚麼忽又站直了。於是他背後的人們又須竭力伸長了脖子；有一個瘦子竟至於連嘴都張得很大，像一條死鱸魚。

巡警，突然間，將腳一提，大家又愕然，趕緊都看他的腳；然而他又放穩了，於是又看白背心。長子忽又彎了腰，還要從垂下的草帽檐下去窺測，但即刻也就立直，擎起一隻手來拚命搔頭皮。

禿頭不高興了，因為他先覺得背後有些不太平，接着耳朵邊就有唧咕唧咕的聲響。他雙眉一鎖，回頭看時，緊挨他右邊，有一隻黑手拿着半個大饅頭正在塞進一個貓臉的人的嘴裏去。他也就不說甚麼，自去看白背心的新草帽了。

忽然，就有暴雷似的一擊，連橫闊的胖大漢也不免向前一蹌踉。同時，從他肩膊上伸出一隻胖得不相上下的臂膊來，展開五指，拍的一聲正打在胖孩子的臉頰上。

「好快活！你媽的……」同時，胖大漢後面就有一個彌勒佛似的更圓的胖臉這麼說。

胖孩子也蹌踉了四五步，但是沒有倒，一手按着臉頰，旋轉身，就想從胖大漢的腿旁的空隙間鑽出去。胖大漢趕忙站穩，並且將屁股一歪，塞住了空隙，恨恨地問道：

「甚麼？」

胖孩子就像小鼠子落在捕機裏似的，倉皇了一會，忽然向小學生那一面奔去，推開他，衝出去了。小學生也返身跟出去了。

「嚇，這孩子……。」總有五六個人都這樣說。

待到重歸平靜，胖大漢再看白背心的臉的時候，卻見白背心正在仰面看他的胸脯；他慌忙低頭也看自己的胸脯時，只見兩乳之間的窪下的坑裏有一片汗，他於是用手掌拂去了這些汗。

然而形勢似乎總不甚太平了。抱着小孩的老媽子因為在騷擾時四顧，沒有留意，頭上梳着的喜鵲尾巴似的「蘇州俏」[3]便碰了站在旁邊的車夫的鼻樑。車夫一推，卻正推在孩子上；孩子就扭轉身去，向着圈外，嚷着要回去了。老媽子先也略略一蹌踉，但便即站定，旋轉孩子來使他正對白背心，一手指點着，說道：

「阿，阿，看呀！多麼好看哪！……」

空隙間忽而探進一個戴硬草帽的學生模樣的頭來，將一粒瓜子之類似的東西放在嘴裏，下顎向上一磕，咬開，退出去了。這地方就補上了一個滿頭油汗而粘

⑶ 彼時成年婦女梳束髮髻的一種髮式，因起於蘇州一帶，故俗稱「蘇州俏」。

甚麼事？

註：此畫原收入《又生畫集》（上海開明書店一九四七年四月初版）。

着灰土的橢圓臉。

挾洋傘的長子也已經生氣，斜下了一邊的肩膊，皺眉疾視着肩後的死鱸魚。大約從這麼大的大嘴裏呼出來的熱氣，原也不易招架的，而況又在盛夏。禿頭正仰視那電杆上釘着的紅牌上的四個白字，彷彿很覺得有趣。胖大漢和巡警都斜了眼研究着老媽子的鈎刀般的鞋尖。

「好！」

甚麼地方忽有幾個人同聲喝彩。都知道該有甚麼事情起來了，一切頭便全數回轉去。連巡警和他牽着的犯人也都有些搖動了。

「剛出屜的包子咧！荷阿，熱的……。」

路對面是胖孩子歪着頭，瞌睡似的長呼；路上是車夫們默默地前奔，似乎想趕緊逃出頭上的烈日。大家都幾乎失望了，幸而放出眼光去四處搜索，終於在相距十多家的路上，發見了一輛洋車停放着，一個車夫正在爬起來。

圓陣立刻散開，都錯錯落落地走過去。胖大漢走不到一半，就歇在路邊的槐樹下；長子比禿頭和橢圓臉走得快，接近了。車上的坐客依然坐着，車夫已經完全爬起，但還在摩自己的膝髁。周圍有五六個人笑嘻嘻地看他們。

「成麼？」車夫要來拉車時，坐客便問。

他只點點頭，拉了車就走；大家就惘惘然目送他。起先還知道那一輛是曾經跌倒的車，後來被別的車一混，知不清了。

馬路上就很清閒，有幾隻狗伸出了舌頭喘氣；胖大漢就在槐陰下看那很快地一起一落的狗肚皮。

老媽子抱了孩子從屋簷陰下蹩過去了。胖孩子歪着頭，擠細了眼睛，拖長聲音，瞌睡地叫喊——

「熱的包子咧！荷阿！……剛出屜的……。」

一九二五年三月十八日

《示眾》題解：

本篇最初發表於北京《語絲》週刊第廿二期（一九二五年四月十三日出版）。

作者以一種速寫式的手法描繪出中國人喜歡圍觀「熱鬧」的「眾生態」，這是一個病態社會的現象，揭示出中國人對他人之事漠然，無動於衷，喜歡當看客的「國民精神劣根性」。青年魯迅去日本仙台醫專留學學習醫學時，正是在教室中看到放映的幻燈片乃是在中國東北旅順發生的「日俄戰爭」時期，日本人抓了一個所謂「沙俄間諜」的中國人「示眾」，而圍觀的中國老百姓們一副面無表情，痲木不仁的樣相，激起了魯迅決定棄醫從文，以文學為手術刀來療救國民精神劣根性的命運抉擇。

高老夫子

這一天，從早晨到午後，他的工夫全費在照鏡，看《中國歷史教科書》和查《袁了凡綱鑒》[1]裏；真所謂「人生識字憂患始」[2]，頓覺得對於世事很有些不平之意了。而且這不平之意，是他從來沒有經驗過的。

首先就想到往常的父母實在太不將兒女放在心裏。他還在孩子的時候，最喜歡爬上桑樹去偷桑椹吃，但他們全不管，有一回竟跌下樹來磕破了頭，又不給好好地醫治，至今左邊的眉棱上還帶着一個永不消滅的尖劈形的瘢痕。他現在雖然格外留長頭髮，左右分開，又斜梳下來，可以勉強遮住了，但究竟還看見尖劈的尖，也算得一個缺點，萬一給女學生發見，大概是免不了要看不起的。他放下鏡子，怨憤地吁一口氣。

其次，是《中國歷史教科書》的編纂者竟太不為教員設想。他的書雖然和《了凡綱鑒》也有些相合，但大段又很不相同，若即若離，令人不知道講起來應該怎樣拉在一處。但待到他瞥着那夾在教科書裏的一張紙條，卻又怨起中途辭職的歷史教員來了，因為那紙條上寫的是：

「從第八章《東晉之興亡》起。」

如果那人不將三國的事情講完，他的豫備就決不至於這麼困苦。他最熟悉的就是三國，例如桃園三結義，孔明借箭，三氣周瑜，黃忠定軍山斬夏侯淵以及其

---

(1) 明代萬曆進士袁黃，浙江嘉善人，別號「了凡」。採錄南宋理學家朱熹《通鑒綱目》編纂而成，共四十卷，為晚明以來最流行的一種史書。

(2) 典出蘇東坡《石蒼舒醉墨堂》詩云：「人生識字憂患始，姓名粗記可以休。何用草書誇神速，開卷惝怳令人愁。」

他種種，滿肚子都是，一學期也許講不完。到唐朝，則有秦瓊賣馬之類，便又較為擅長了，誰料偏偏是東晉。他又怨憤地吁一口氣，再拉過《了凡綱鑒》來。

「噲，你怎麼外面看看還不夠，又要鑽到裏面去看了？」

一隻手同時從他背後彎過來，一撥他的下巴。但他並不動，因為從聲音和舉動上，便知道是暗暗蹩進來的打牌的老朋友黃三。他雖然是他的老朋友，一禮拜以前還一同打牌，看戲，喝酒，跟女人，但自從他在《大中日報》上發表了〈論中華國民皆有整理國史之義務〉這一篇膾炙人口的名文，接着又得了賢良女學校的聘書之後，就覺得這黃三一無所長，總有些下等相了。所以他並不回頭，板着臉正正經經地回答道：

「不要胡說！我正在豫備功課……。」

「你不是親口對老鉢說的麼：你要謀一個教員做，去看看女學生？」

「你不要相信老鉢的狗屁！」

黃三就在他桌旁坐下，向桌面上一瞥，立刻在一面鏡子和一堆亂書之間，發見了一個翻開着的大紅紙的帖子。他一把抓來，瞪着眼睛一字一字地看下去：

今敦請

爾礎高老夫子為本校歷史教員每週授課四

小時每小時敬送修金大洋三角正按時

間計算此約

賢良女學校校長何萬淑貞斂衽謹訂

中華民國十三年夏曆菊月吉旦[3]立

[3] 即農曆九月初一。九月是菊花盛開之季，吉旦指初一。

做教員的父親，恭聽做校長的兒子的訓話。

註：載一九三五年四月一日《論語》第六十二期。

「『爾礎高老夫子』？誰呢？你麼？你改了名字了麼？」黃三一看完，就性急地問。

但高老夫子只是高傲地一笑；他的確改了名字了。然而黃三只會打牌，到現在還沒有留心新學問，新藝術。他既不知道有一個俄國大文豪高爾基(4)，又怎麼說得通這改名的深遠的意義呢？所以他只是高傲地一笑，並不答覆他。

「喂喂，老杆，你不要鬧這些無聊的玩意兒了！」黃三放下聘書，說。「我們這裏有了一個男學堂，風氣已經鬧得夠壞了；他們還要開甚麼女學堂，將來真不知道要鬧成甚麼樣子才罷。你何苦也去鬧，犯不上……。」

---

(4) 高爾基（一八六八—一九三六），蘇俄作家，原名阿列克賽．馬克西莫維奇．彼什科夫。著有《童年》、《在人間》、《我的大學》等三部曲自傳體長篇小說、《母親》等。作者以「高老夫子」為本篇名，故意以一個思想陳腐的舊文人成為小說中的主角——高爾礎，他連高爾基都不知其乃俄譯中的譯名，以為他姓高名爾基，自改為「高爾礎」。魯迅在同年一月發表的《華蓋集．咬文嚼字》的雜文中，曾諷刺翻譯界喜將外國人的姓譯作中國式姓名的譯法：「假使他談到 Gorky，大概是稱他『吾家 rky』的了。」

「這也不見得。況且何太太一定要請我，辭不掉……。」因為黃三譭謗了學校，又看手錶上已經兩點半，離上課時間只有半點了，所以他有些氣忿，又很露出焦躁的神情。

「好！這且不談。」黃三是乖覺的，即刻轉帆，說，「我們說正經事罷：今天晚上我們有一個局面。毛家屯毛資甫的大兒子在這裏了，來請陽宅先生[5]看墳地去的，手頭現帶着二百番[6]。我們已經約定，晚上湊一桌，一個我，一個老鉢，一個就是你。你一定來罷，萬不要誤事。我們三個人掃光他！」

老杆——高老夫子——沉吟了，但是不開口。

「你一定來，一定！我還得和老鉢去接洽一回。地方還是在我的家裏。那傻小子是『初出茅廬』，我們準可以掃光他！你將那一副竹紋清楚一點的交給我罷！」

高老夫子慢慢地站起來，到床頭取了馬將牌盒，交給他；一看手錶，兩點四十分了。他想：黃三雖然能幹，但明知道我已經做了教員，還來當面譭謗學堂，又打攪別人的豫備功課，究竟不應該。他於是冷淡地說道：

「晚上再商量罷。我要上課去了。」

他一面說，一面恨恨地向《了凡綱鑑》看了一眼，拿起教科書，裝在新皮包裏，又很小心地戴上新帽子，便和黃三出了門。他一出門，就放開腳步，像木匠牽着的鑽子似的，肩膀一扇一扇地直走，不多久，黃三便連他的影子也望不見了。

高老夫子一跑到賢良女學校，即將新印的名片交給一個駝背的老門房。不一忽，就聽到一聲「請」，他於是跟着駝背走，轉過兩個彎，已到教員豫備室了，也算是客廳。何校長不在校；迎接他的是花白鬍子的教務長，大名鼎鼎的萬瑤圃，別號「玉皇香案吏」[7]的，新近正將他自己和女仙贈答的詩《仙壇酬唱集》陸續

(5) 雅稱「堪輿家」，民間稱「風水先生」。為生人的住宅看風水，稱為「陽宅風水」，選墓地者則為「陰宅風水」。

(6) 舊時將外國銀洋稱為「番餅」，又有人稱為「鷹洋」，後來泛指銀元。

(7) 語見唐代詩人元稹《以州宅誇於樂天》詩句：「我是玉皇香案吏，謫居猶得住蓬萊。」

一目十冊

註：載一九三六年一月一日《申報》

登在《大中日報》上。

「阿呀！礎翁！久仰久仰！……」萬瑤圃連連拱手，並將膝關節和腿關節接連彎了五六彎，彷彿想要蹲下去似的。

「阿呀！瑤翁！久仰久仰！……」礎翁夾着皮包照樣地做，並且說。

他們於是坐下；一個似死非死的校役便端上兩杯白開水來。高老夫子看看對面的掛鐘，還只兩點四十分，和他的手錶要差半點。

「阿呀！礎翁的大作，是的，那個……。是的，那——『中國國粹義務論』，真真要言不煩，百讀不厭！實在是少年人們的座右銘，座右銘座右銘！兄弟也頗喜歡文學，可是，玩玩而已，怎麼比得上礎翁。」他重行拱一拱手，低聲說，「我們的盛德乩壇[8]天天請仙，兄弟也常常去唱和。礎翁也可以光降光降罷。那乩

(8) 道教的一種占卜方式，又稱扶箕，扶鸞、請仙、降筆、卜紫姑、架乩等，其中有人扮演被神明附身，這種人被稱為鸞生或乩身，在沙盤上寫出一些字跡，乃所謂神明傳達之意。

仙，就是蕊珠仙子(9)，從她的語氣上看來，似乎是一位謫降紅塵的花神。她最愛和名人唱和，也很贊成新黨，像礎翁這樣的學者，她一定大加青眼(10)的。哈哈哈哈！」

但高老夫子卻不很能發表甚麼崇論宏議，因為他的豫備——東晉之興亡——本沒有十分足，此刻又並不足的幾分也有些忘卻了。他煩躁愁苦着；從繁亂的心緒中，又湧出許多斷片的思想來：上堂的姿勢應該威嚴；額角的瘢痕總該遮住；教科書要讀得慢；看學生要大方。但同時還模模胡胡聽得瑤圃說着話：

「……賜了一個荸薺(11)……。『醉倚青鸞上碧霄』，多麼超脫……那鄧孝翁叩求了五回，這才賜了一首五絕……『紅袖拂天河，莫道……』蕊珠仙子說……礎翁還是第一回……這就是本校的植物園！」

「哦哦！」爾礎忽然看見他舉手一指，這才從亂頭思想中驚覺，依着指頭看去，窗外一小片空地，地上有四五株樹，正對面是三間小平房。

「這就是講堂。」瑤圃並不移動他的手指，但是說。

「哦哦！」

「學生是很馴良的。她們除聽講之外，就專心縫紉……。」

「哦哦！」爾礎實在頗有些窘急了，他希望他不再說話，好給自己聚精會神，趕緊想一想東晉之興亡。

「可惜內中也有幾個想學學做詩，那可是不行的。維新固然可以，但做詩究竟不是大家閨秀所宜。蕊珠仙子也不很贊成女學，以為淆亂兩儀[12]，非天曹所喜。兄弟還很同她討論過幾回……。」

爾礎忽然跳了起來，他聽到鈴聲了。

---

(9) 道教信仰中的仙女，唐代趙嘏《贈道者》詩云：「華蓋飄飄綠鬢翁，往來朝謁蕊珠宮。」

(10) 表示喜歡，器重之意。典出《晉書．阮籍傳》：籍又能為青白眼，見禮俗之士，以白眼對之。及稽喜來吊，籍作白眼，喜不懌而退。喜弟康聞之，乃賫酒挾琴造焉。籍大悅。

(11) 扶乩的筆（在沙盤上）寫字之前，因為會先顯示一個荸薺形的圓圈，故說是（神仙）賜了一個荸薺。

(12) 在中國古典哲學原作「陰陽」解，《易經》：「易有太極，始生兩儀，兩儀生四象，四象生八卦。」後被道教引作習見用語。

「不，不。請坐！那是退班鈴。」

「瑤翁公事很忙罷，可以不必客氣……。」

「不，不！不忙，不忙！兄弟以為振興女學是順應世界的潮流，但一不得當，即易流於偏，所以天曹不喜，也許不過是防微杜漸的意思。只要辦理得人，不偏不倚，合乎中庸，一以國粹為歸宿，那是決無流弊的。礎翁，你想，可對？這是蕊珠仙子也以為『不無可采』的話。哈哈哈哈！」

校役又送上兩杯白開水來；但是鈴聲又響了。

瑤圃便請爾礎喝了兩口白開水，這才慢慢地站起來，引導他穿過植物園，走進講堂去。

他心頭跳着，筆挺地站在講台旁邊，只看見半屋子都是蓬蓬鬆鬆的頭髮。瑤圃從大襟袋裏掏出一張信箋，展開之後，一面看，一面對學生們說道：

「這位就是高老師，高爾礎高老師，是有名的學者，那一篇有名的〈論中華國民皆有整理國史之義務〉，是誰都知道的。《大中日報》上還說過，高老師是：驟慕俄國文豪高君爾基之為人，因改字爾礎，以示景仰之意，斯人之出，誠吾中華文壇之幸也！現在經何校長再三敦請，竟惠然肯來，到這裏來教歷史了……」

高老師忽而覺得很寂然，原來瑤翁已經不見，只有自己站在講台旁邊了。他只得跨上講台去，行了禮，定一定神，又記起了態度應該威嚴的成算，便慢慢地翻開書本，來開講「東晉之興亡」。

「嘻嘻！」似乎有誰在那裏竊笑了。

高老夫子臉上登時一熱，忙看書本，和他的話並不錯，上面印着的的確是：「東晉之偏安」。書腦[13]的對面，也還是半屋子蓬蓬鬆鬆的頭髮，不見有別的動靜。他猜想這是自己的疑心，其實誰也沒有笑；於是又定一定神，看住書本，慢慢地講下去。當初，是自己的耳朵也聽到自己的嘴說些甚麼的，可是逐漸糊塗起

(13) 線裝書打眼穿線處。

明日的講義

註：此畫原收入《子愷畫集》（上海開明書店一九二七年二月初版）。

來，竟至於不再知道說甚麼，待到發揮「石勒[14]之雄圖」的時候，便只聽得吃吃地竊笑的聲音了。

他不禁向講台下一看，情形和原先已經很不同：半屋子都是眼睛，還有許多小巧的等邊三角形，三角形中都生着兩個鼻孔，這些連成一氣，宛然是流動而深邃的海，閃爍地汪洋地正衝着他的眼光。但當他瞥見時，卻又驟然一閃，變了半屋子蓬蓬鬆鬆的頭髮了。

他也連忙收回眼光，再不敢離開教科書，不得已時，就抬起眼來看看屋頂。屋頂是白而轉黃的洋灰，中央還起了一道正圓形的棱線；可是這圓圈又生動了，忽然擴大，忽然收小，使他的眼睛有些昏花。他豫料倘將眼光下移，就不免又要遇見可怕的眼睛和鼻孔聯合的海，只好再回到書本上，這時已經是「淝水之

---

(14) 石勒（二七四—三三三），羯族人，西晉五胡十六國羯族之首領，為建立「後趙」的開國君主。

戰」[15]，苻堅快要駭得「草木皆兵」了。

他總疑心有許多人暗暗地發笑，但還是熬着講，明明已經講了大半天，而鈴聲還沒有響，看手錶是不行的，怕學生要小覷；可是講了一會，又到「拓跋氏[16]之勃興」了，接着就是「六國興亡表」，他本以為今天未必講到，沒有豫備的。

他自己覺得講義忽而中止了。

「今天是第一天，就是這樣罷……。」他惶惑了一會之後，才斷續地說，一面點一點頭，跨下講台去，也便出了教室的門。

「嘻嘻嘻！」

他似乎聽到背後有許多人笑，又彷彿看見這笑聲就從那深邃的鼻孔的海裏出來。他便惘惘然，跨進植物園，向着對面的教員豫備室大踏步走。

他大吃一驚，至於連《中國歷史教科書》也失手落在地上了，因為腦殼上突然遭了甚麼東西的一擊。他倒退兩步，定睛看時，一枝夭斜的樹枝橫在他面前，已被他的頭撞得樹葉都微微發抖。他趕緊彎腰去拾書本，書旁邊豎着一塊木牌，上面寫道：

他似乎聽到背後有許多人笑，又彷彿看見這笑聲就從那深邃的鼻孔的海裏出來。於是也就不好意思去撫摩頭上已經疼痛起來的皮膚，只一心跑進教員豫備室裏去。

那裏面，兩個裝着白開水的杯子依然，卻不見了似死非死的校役，瑤翁也蹤影全無了。一切都黯淡，只有他的新皮包和新帽子在黯淡中發亮。看壁上的掛鐘，

(15) 見《晉書·謝安列傳》，西晉末年（公元三八三年），前秦苻堅率百萬之師伐晉，於淝水（今安徽省壽縣東南方）交戰，東晉以八萬兵力抗戰，竟大敗苻堅，此戰遂稱為中國軍事史上以少勝多的著名戰役。「草木皆兵」的典故也出於玆。

(16) 又作拓跋、托跋、禿髮、古代鮮卑氏族之一。拓跋氏為中心氏族。在中國中原地區曾建立一系列國家——代國、北魏等，源於大興安嶺一帶的少數民族。

還只有三點四十分。

高老夫子回到自家的房裏許久之後，有時全身還驟然一熱；又無端的憤怒；終於覺得學堂確也要鬧壞風氣，不如停閉的好，尤其是女學堂，——有甚麼意思呢，喜歡虛榮罷了！

「嘻嘻！」

他還聽到隱隱約約的笑聲。這使他更加憤怒，也使他辭職的決心更加堅固了。晚上就寫信給何校長，只要說自己患了足疾。但是，倘來挽留，又怎麼辦呢？——也不去。女學堂真不知道要鬧到甚麼樣子，自己又何苦去和她們為伍呢？犯不上的。他想。

他於是決絕地將《了凡綱鑒》搬開；鏡子推在一旁；聘書也合上了。正要坐下，又覺得那聘書實在紅得可恨，便抓過來和《中國歷史教科書》一同塞入抽屜裏。

一切大概已經打疊停當，桌上只剩下一面鏡子，眼界清淨得多了。然而還不舒適，彷彿欠缺了半個魂靈，但他當即省悟，戴上紅結子的秋帽，徑向黃三的家裏去了。

「來了，爾礎高老夫子！」老鉢大聲說。

「狗屁！」他眉頭一皺，在老鉢的頭頂上打了一下，說。

「教過了罷？怎麼樣，可有幾個出色的？」黃三熱心地問。

「我沒有再教下去的意思。女學堂真不知道要鬧成甚麼樣子。我輩正經人，確乎犯不上醬在一起……。」

毛家的大兒子進來了，胖到像一個湯圓。

「阿呀！久仰久仰！……」滿屋子的手都拱起來，膝關節和腿關節接二連三地屈折，彷彿就要蹲了下去似的。

「這一位就是先前說過的高幹亭兄。」老鉢指着高老夫子，向毛家的大兒子說。

「哦哦！久仰久仰！……」毛家的大兒子便特別向他連連拱手，並且點頭。

這屋子的左邊早放好一頂斜擺的方桌，黃三一面招呼客人，一面和一個小鴉頭佈置着座位和籌馬。不多久，每一個桌角上都點起一枝細瘦的洋燭來，他們四人便入座了。

萬籟無聲。只有打出來的骨牌拍在紫檀桌面上的聲音，在初夜的寂靜中清徹地作響。

高老夫子的牌風並不壞，但他總還抱着甚麼不平。他本來是甚麼都容易忘記的，惟獨這一回，卻總以為世風有些可慮；雖然面前的籌馬漸漸增加了，也還不很能夠使他舒適，使他樂觀。但時移俗易，世風也終究覺得好了起來；不過其時很晚，已經在打完第二圈，他快要湊成「清一色」(17)的時候了。

一九二五年五月一日

(17) 打麻將的用語。四個打牌者中有一人手中的牌全由一種花式組成之謂。

《高老夫子》題解：

本篇最初發於北京《語絲》週刊第二十六期（一九二五年五月十一日出版）。

魯迅的小說所描寫的對象，寫得最多的還是鄉村中的農民和城市裏的知識分子（文人），乃諷刺在封建禮制下他們的愚昧與無知，魯迅對這些弱勢群體抱着「哀其不幸，怒其不爭」的同情；而對於舊時代培育出來的中國文人，特別是他們既固守舊有精神的劣根性，又想附庸新文化潮流。結果就弄出一大堆近乎可笑的樣相出來。高老夫子就是一種當時語境下的代表人物，他本姓高名杆亭，因為風聞俄國文豪高爾基之名，遂以為文豪既姓高，正是本家，就自命為「高爾礎」。「基」與「礎」合起來就是「基礎」一詞，好像成了高爾基之弟了。因此寫了一篇「整理國史」的文章在報上發表，遂被請去新開女子學堂教書，結果因自己不學無術又學術根基太差，差點鬧出笑話。魯迅以深刻的筆觸揭開了二十世紀二十年代的新舊文化衝突時期的教育界的醜惡現狀，淋漓盡致地刻劃出這些混跡其中的「為人師表」者的行止與心態，入木三分。此文是距寫作《肥皂》時的一年後所寫，正可與《肥皂》寫的四銘的腐酸氣拿出來作一對照。

孤獨者

問爾何所思

註：此畫原收入《豐子愷畫存》（天津民國日報社一九四八年三月初版）。

一

我和魏連殳相識一場，回想起來倒也別致，竟是以送殮始，以送殮終。

那時我在S城[1]，就時時聽到人們提起他的名字，都說他很有些古怪：所學的是動物學，卻到中學堂去做歷史教員；對人總是愛理不理的，卻常喜歡管別人的閒事；常說家庭應該破壞，一領薪水卻一定立即寄給他的祖母，一日也不拖延。此外還有許多零碎的話柄；總之，在S城裏也算是一個給人當作談助的人。有一年的秋天，我在寒石山的一個親戚家裏閒住；他們就姓魏，是連殳的本家。但他們卻更不明白他，彷彿將他當作一個外國人看待，說是「同我們都異樣的」。

這也不足為奇，中國的興學雖說已經二十年了，寒石山卻連小學也沒有。全

(1) 指紹興，魯迅的故鄉。

山村中，只有連殳是出外遊學的學生，所以從村人看來，他確是一個異類；但也很妒羨，說他掙得許多錢。

到秋末，山村中痢疾流行了；我也自危，就想回到城中去。那時聽說連殳的祖母就染了病，因為是老年，所以很沉重；山中又沒有一個醫生。所謂他的家屬者，其實就只有一個這祖母，僱一名女工簡單地過活；他幼小失了父母，就由這祖母撫養成人的。聽說她先前也曾經吃過許多苦，現在可是安樂了。但因為他沒有家小，家中究竟非常寂寞，這大概也就是大家所謂異樣之一端罷。

寒石山離城是旱道一百里，水道七十里[2]，專使人叫連殳去，往返至少就得四天。山村僻陋，這些事便算大家都要打聽的大新聞，第二天便轟傳她病勢已經極重，專差也出發了；可是到四更天竟嚥了氣，最後的話，是：「為甚麼不肯給我會一會連殳的呢？……」

族長，近房，他的祖母的母家的親丁，閒人，聚集了一屋子，豫計連殳的到來，應該已是入殮的時候了。壽材壽衣[3]早已做成，都無須籌劃；他們的第一大問題是在怎樣對付這「承重孫」[4]，因為逆料他關於一切喪葬儀式，是一定要改變新花樣的。聚議之後，大概商定了三大條件，要他必行。一是穿白，二是跪拜，三是請和尚道士做法事[5]。總而言之：是全都照舊。

他們既經議妥，便約定在連殳到家的那一天，一同聚在廳前，排成陣勢，互相策應，並力作一回極嚴厲的談判。村人們都嚥着唾沫，新奇地聽候消息；他們知道連殳是「吃洋教」的「新黨」，向來就不講甚麼道理，兩面的爭鬥，大約總要開始的，或者還會釀成一種出人意外的奇觀。

傳說連殳的到家是下午，一進門，向他祖母的靈前只是彎了一彎腰。族長們

---

(2) 舊俗謂陸地上距離一百里，約六十公里；水路七十里約四十二公里。

(3) 壽材指「棺材」。壽衣，孝男、孝孫穿的麻衣、白衣（與下文的「孝服」同）及草鞋。

(4) 舊時中國農村幾千年來形成一種封建宗法制度，由村中的長老及鄉紳主持執行。其中有一些嚴格的規制，譬如家中長子先亡，就由嫡長孫（未必是長子之子）代替亡父（或亡叔伯）任祖父母喪禮的主持人，故稱為「承重孫」。

(5) 佛、道教追悼儀式之一，此處指人死後，遺屬請和尚或道士念經、為亡魂超度，俗稱「做功德」。

街頭慘狀之一——頑童偷盲丐的錢

註：載一九四七年七月二十一日《申報》。

便立刻照豫定計劃進行，將他叫到大廳上，先說過一大篇冒頭，然後引入本題，而且大家此唱彼和，七嘴八舌，使他得不到辯駁的機會。但終於話都說完了，沉默充滿了全廳，人們全數悚然地緊看着他的嘴。只見連殳神色也不動，簡單地回答道：

「都可以的。」

這又很出於他們的意外，大家的心的重擔都放下了，但又似乎反加重，覺得太「異樣」，倒很有些可慮似的。打聽新聞的村人們也很失望，口口相傳道，「奇怪！他說『都可以』哩！我們看去罷！」都可以就是照舊，本來是無足觀了，但他們也還要看，黃昏之後，便欣欣然聚滿了一堂前。

我也是去看的一個，先送了一份香燭；待到走到他家，已見連殳在給死者穿衣服了。原來他是一個短小瘦削的人，長方臉，蓬鬆的頭髮和濃黑的鬚眉佔了一臉的小半，只見兩眼在黑氣裏發光。那穿衣也穿得真好，井井有條，彷彿是一個大殮的專家，使旁觀者不覺嘆服。寒石山老例，當這些時候，無論如何，母家的親丁是總要挑剔的；他卻只是默默地，遇見怎麼挑剔便怎麼改，神色也不動。站在我前面的一個花白頭髮的老太太，便發出羡慕感嘆的聲音。

其次是拜；其次是哭，凡女人們都念念有詞。其次入棺；其次又是拜；又是哭，直到釘好了棺蓋。沉靜了一瞬間，大家忽而擾動了，很有驚異和不滿的形勢。我也不由的突然覺到：連殳就始終沒有落過一滴淚，只坐在草薦上，兩眼在黑氣裏閃閃地發光。

大殮便在這驚異和不滿的空氣裏面完畢。大家都怏怏地，似乎想走散，但連殳卻還坐在草薦上沉思。忽然，他流下淚來了，接着就失聲，立刻又變成長嚎，像一匹受傷的狼，當深夜在曠野中嗥叫，慘傷裏夾雜着憤怒和悲哀。這模樣，是老例上所沒有的，先前也未曾豫防到，大家都手足無措了，遲疑了一會，就有幾個人上前去勸止他，愈去愈多，終於擠成一大堆。但他卻只是兀坐着號咷，鐵塔似的動也不動。

大家又只得無趣地散開；他哭着，哭着，約有半點鐘，這才突然停了下來，也不向吊客招呼，逕自往家裏走。接着就有前去窺探的人來報告：他走進他祖母的房裏，躺在床上，而且，似乎就睡熟了。

隔了兩日，是我要動身回城的前一天，便聽到村人都遭了魔似的發議論，說連殳要將所有的器具大半燒給他祖母，餘下的便分贈生時侍奉，死時送終的女工，並且連房屋也要無期地借給她居住了。親戚本家都說到舌敝唇焦，也終於阻擋不住。

恐怕大半也還是因為好奇心，我歸途中經過他家的門口，便又順便去吊慰。他穿了毛邊的白衣出見，神色也還是那樣，冷冷的。我很勸慰了一番；他卻除了唯唯諾諾之外，只回答了一句話，是：

「多謝你的好意。」

二

我們第三次相見就在這年的冬初，S城的一個書舖子裏，大家同時點了一點頭，總算是認識了。但使我們接近起來的，是在這年底我失了職業之後。從此，我便常常訪問連殳去。一則，自然是因為無聊賴；二則，因為聽人說，他倒很親近失意的人的，雖然素性這麼冷。但是世事升沉無定，失意人也不會長是失意人，所以他也就很少長久的朋友。這傳說果然不虛，我一投名片，他便接見了。兩間連通的客廳，並無甚麼陳設，不過是桌椅之外，排列些書架，大家雖說他是一個可怕的「新黨」，架上卻不很有新書。他已經知道我失了職業；但套話一說就完，主客便只好默默地相對，逐漸沉悶起來。我只見他很快地吸完一枝煙，煙蒂要燒着手指了，才拋在地面上。

「吸煙罷。」他伸手取第二枝煙時，忽然說。

我便也取了一枝，吸着，講些關於教書和書籍的，但也還覺得沉悶。我正想走時，門外一陣喧嚷和腳步聲，四個男女孩子闖進來了。大的八九歲，小的四五歲，手臉和衣服都很髒，而且醜得可以。但是連殳的眼裏卻即刻發出歡喜的光來了，連忙站起，向客廳間壁的房裏走，一面說道：

「大良，二良，都來！你們昨天要的口琴，我已經買來了。」

孩子們便跟着一齊擁進去，立刻又各人吹着一個口琴一擁而出，一出客廳門，不知怎的便打將起來。有一個哭了。

某鄉的學校及其校長

註：此畫原收入《豐子愷畫存》（天津民國日報社一九四八年三月初版）。

「一人一個，都一樣的。不要爭呵！」他還跟在後面囑咐。

「這麼多的一群孩子都是誰呢？」我問。

「是房主人的。他們都沒有母親，只有一個祖母。」

「房東只一個人麼？」

「是的。他的妻子大概死了三四年了罷，沒有續娶。——否則，便要不肯將餘屋租給我似的單身人。」他說着，冷冷地微笑了。

我很想問他何以至今還是單身，但因為不很熟，終於不好開口。

只要和連殳一熟識，是很可以談談的。他議論非常多，而且往往頗奇警。使人不耐的倒是他的有些來客，大抵是讀過《沉淪》[6]的罷，時常自命為「不幸的青年」或是「零餘者」，螃蟹一般懶散而驕傲地堆在大椅子上，一面唉聲嘆氣，一面皺着眉頭吸煙。還有那房主的孩子們，總是互相爭吵，打翻碗碟，硬討點心，亂得人頭昏。但連殳一見他們，卻再不像平時那樣的冷冷的了，看得比自己的性命還寶貴。聽說有一回，三良發了紅斑痧，竟急得他臉上的黑氣愈見其黑了；不料那病是輕的，於是後來便被孩子們的祖母傳作笑柄。

「孩子總是好的。他們全是天真……。」他似乎也覺得我有些不耐煩了，有一天特地乘機對我說。

「那也不盡然。」我只是隨便回答他。

「不。大人的壞脾氣，在孩子們是沒有的。後來的壞，如你平日所攻擊的壞，那是環境教壞的。原來卻並不壞，天真……。我以為中國的可以希望，只在這一點。」

「不。如果孩子中沒有壞根苗，大起來怎麼會有壞花果？譬如一粒種子，正因為內中本含有枝葉花果的胚，長大時才能夠發出這些東西來。何嘗是無端……。」我因為閒着無事，便也如大人先生們一下野，就要吃素談禪一樣，正

(6) 郁達夫所著中篇小說集及短篇小說《南遷》、《銀灰色之死》合集，一九二一年十月於上海泰東圖書局出版。《沉淪》寫於作者在日本留學期間，是郁達夫早期的代表作之一。這個中篇小說是「注重內心紛爭苦悶」的現代抒情小說，也明顯受到日本文學中的「私小說」（中譯：自我小說）及弗洛伊德精神分析理論的影響。集中還收有他的處女作《銀灰色之死》。此書亦是中國現代文學史上第一本短篇小說集。

在看佛經。佛理自然是並不懂得的，但竟也不自檢點，一味任意地說。

然而連殳氣忿了，只看了我一眼，不再開口。我也猜不出他是無話可說呢，還是不屑辯。但見他又顯出許久不見的冷冷的態度來，默默地連吸了兩枝煙；待到他再取第三枝時，我便只好逃走了。

這仇恨是歷了三月之久才消釋的。原因大概是一半因為忘卻，一半則他自己竟也被「天真」的孩子所仇視了，於是覺得我對於孩子的冒瀆的話倒也情有可原。但這不過是我的推測。其時是在我的寓裏的酒後，他似乎微露悲哀模樣，半仰着頭道：

「想起來真覺得有些奇怪。我到你這裏來時，街上看見一個很小的小孩，拿了一片蘆葉指着我道：殺！他還不很能走路……。」

「這是環境教壞的。」

我即刻很後悔我的話。但他卻似乎並不介意，只竭力地喝酒，其間又竭力地吸煙。

「我倒忘了，還沒有問你，」我便用別的話來支梧，「你是不大訪問人的，怎麼今天有這興致來走走呢？我們相識有一年多了，你到我這裏來卻還是第一回。」

「我正要告訴你呢：你這幾天切莫到我寓裏來看我了。我的寓裏正有很討厭的一大一小在那裏，都不像人！」

「一大一小？這是誰呢？」我有些詫異。

「是我的堂兄和他的小兒子。哈哈，兒子正如老子一般。」

「是上城來看你，帶便玩玩的罷？」

「不。說是來和我商量，就要將這孩子過繼給我的。」

「呵！過繼給你？」我不禁驚叫了，「你不是還沒有娶親麼？」

「他們知道我不娶的了。但這都沒有甚麼關係。他們其實是要過繼給我那一間寒石山的破屋子。我此外一無所有，你是知道的；錢一到手就化完。只有這一間破屋子。他們父子的一生的事業是在逐出那一個借住着的老女工。」

他那詞氣的冷峭，實在又使我悚然。但我還慰解他說：

「我看你的本家也還不至於此。他們不過思想略舊一點罷了。譬如，你那年

酒徒

註：此畫原收入《子愷漫畫》（上海開明書店一九二六年一月初版）。

大哭的時候，他們就都熱心地圍着使勁來勸你……。」

「我父親死去之後，因為奪我屋子，要我在筆據上畫花押，我大哭着的時候，他們也是這樣熱心地圍着使勁來勸我……。」他兩眼向上凝視，彷彿要在空中尋出那時的情景來。

「總而言之：關鍵就全在你沒有孩子。你究竟為甚麼老不結婚的呢？」我忽而尋到了轉舵的話，也是久已想問的話，覺得這時是最好的機會了。

他詫異地看着我，過了一會，眼光便移到他自己的膝髁上去了，於是就吸煙，沒有回答。

三

但是，雖在這一種百無聊賴的境地中，也還不給連殳安住。漸漸地，小報上有匿名人來攻擊他，學界上也常有關於他的流言，可是這已經並非先前似的單是話柄，大概是於他有損的了。我知道這是他近來喜歡發表文章的結果，倒也並不介意。S城人最不願意有人發些沒有顧忌的議論，一有，一定要暗暗地來叮他，這是向來如此的，連殳自己也知道。但到春天，忽然聽說他已被校長辭退了。這卻使我覺得有些兀突；其實，這也是向來如此的，不過因為我希望着自己認識的人能夠幸免，所以就以為兀突罷了，S城人倒並非這一回特別惡。

其時我正忙着自己的生計，一面又在接洽本年秋天到山陽去當教員的事，竟沒有工夫去訪問他。待到有些餘暇的時候，離他被辭退那時大約快有三個月了，可是還沒有發生訪問連殳的意思。有一天，我路過大街，偶然在舊書攤前停留，卻不禁使我覺到震悚，因為在那裏陳列着的一部汲古閣初印本《史記索隱》(7)，正是連殳的書。他喜歡書，但不是藏書家，這種本子，在他是算作貴重的善本，非萬不得已，不肯輕易變賣的。難道他失業剛才兩三月，就一貧至此麼？雖然他向來一有錢即隨手散去，沒有甚麼貯蓄。於是我便決意訪問連殳去，順便在街上買了一瓶燒酒，兩包花生米，兩個熏魚頭。

他的房門關閉着，叫了兩聲，不見答應。我疑心他睡着了，更加大聲地叫，並且伸手拍着房門。

「出去了罷！」大良們的祖母，那三角眼的胖女人，從對面的窗口探出她花白的頭來了，也大聲說，不耐煩似的。

「那裏去了呢？」我問。

「那裏去了？誰知道呢？——他能到那裏去呢，你等着就是，一會兒總會回來的。」

我便推開門走進他的客廳去。真是「一日不見，如隔三秋」[8]，滿眼是淒涼和空空洞洞，不但器具所餘無幾了，連書籍也只剩了在S城決沒有人會要的幾本洋裝書。屋中間的圓桌還在，先前曾經常常圍繞着憂鬱慷慨的青年，懷才不遇的

(7) 唐代司馬貞運用大量文獻，對司馬遷的《史記》進行校勘，保存豐富的歷史文獻，共三十卷。尤其是其考證人名、史實及司馬遷生平，使到一些書目得以流傳存世，乃目錄學重要著作，現流傳於世的善本為明末毛晉的汲古閣刻本。

(8) 比喻度日如年。語出《詩經．王風．采葛》：「一日不見，如三秋兮。」

奇士和腌臢吵鬧的孩子們的，現在卻見得很閒靜，只在面上蒙着一層薄薄的灰塵。我就在桌上放了酒瓶和紙包，拖過一把椅子來，靠桌旁對着房門坐下。

的確不過是「一會兒」，房門一開，一個人悄悄地陰影似的進來了，正是連殳。也許是傍晚之故罷，看去彷彿比先前黑，但神情卻還是那樣。

「阿！你在這裏？來得多久了？」他似乎有些喜歡。

「並沒有多久。」我說，「你到那裏去了？」

「並沒有到那裏去，不過隨便走走。」

他也拖過椅子來，在桌旁坐下；我們便開始喝燒酒，一面談些關於他的失業的事。但他卻不願意多談這些；他以為這是意料中的事，也是自己時常遇到的事，無足怪，而且無可談的。他照例只是一意喝燒酒，並且依然發些關於社會和歷史的議論。不知怎地我此時看見空空的書架，也記起汲古閣初印本的《史記索隱》，忽而感到一種淡漠的孤寂和悲哀。

「你的客廳這麼荒涼……。近來客人不多了麼？」

「沒有了。他們以為我心境不佳，來也無意味。心境不佳，實在是可以給人牆頭草，風吹兩邊倒。

註：載一九四七年十一月六日《立報》。

們不舒服的。冬天的公園，就沒有人去……。」他連喝兩口酒，默默地想着，突然，仰起臉來看着我問道，「你在圖謀的職業也還是毫無把握罷？……」

我雖然明知他已經有些酒意，但也不禁憤然，正想發話，只見他側耳一聽，便抓起一把花生米，出去了。門外是大良們笑嚷的聲音。

但他一出去，孩子們的聲音便寂然，而且似乎都走了。他還追上去，說些話，卻不聽得有回答。他也就陰影似的悄悄地回來，仍將一把花生米放在紙包裏。

「連我的東西也不要吃了。」他低聲，嘲笑似的說。

「連殳，」我很覺得悲涼，卻強裝着微笑，說，「我以為你太自尋苦惱了。你看得人間太壞……。」

他冷冷的笑了一笑。

「我的話還沒有完哩。你對於我們，偶而來訪問你的我們，也以為因為閒着無事，所以來你這裏，將你當作消遣的資料的罷？」

「並不。但有時也這樣想。或者尋些談資。」

「那你可錯誤了。人們其實並不這樣。你實在親手造了獨頭繭(9)，將自己裏在裏面了。你應該將世間看得光明些。」我嘆惜着說。

「也許如此罷。但是，你說：那絲是怎麼來的？——自然，世上也盡有這樣的人，譬如，我的祖母就是。我雖然沒有分得她的血液，卻也許會繼承她的運命。然而這也沒有甚麼要緊，我早已豫先一起哭過了……。」

我即刻記起他祖母大殮時候的情景來，如在眼前一樣。

「我總不解你那時的大哭……。」於是鶻突地問了。

「我的祖母入殮的時候罷？是的，你不解的。」他一面點燈，一面冷靜地說，「你的和我交往，我想，還正因為那時的哭哩。你不知道，這祖母，是我父親的繼母；他的生母，他三歲時候就死去了。」他想着，默默地喝酒，吃完了一個熏魚頭。

(9) 紹興方言，因小說發生的場景是在紹興城中。紹興方言稱孤獨者為「獨頭」。春蠶吐絲作繭，將自己裹了起來，「獨頭繭」形象地比喻那些自甘孤獨者。

「那些往事，我原是不知道的。只是我從小時候就覺得不可解。那時我的父親還在，家景也還好，正月間一定要懸掛祖像，盛大地供養起來。看着這許多盛裝的畫像，在我那時似乎是不可多得的眼福。但那時，抱着我的一個女工總指了一幅像說：『這是你自己的祖母。拜拜罷，保佑你生龍活虎似的大得快。』我真不懂得我明明有着一個祖母，怎麼又會有甚麼『自己的祖母』來。可是我愛這『自己的祖母』，她不比家裏的祖母一般老；她年青，好看，穿着描金的紅衣服，戴着珠冠，和我母親的像差不多。我看她時，她的眼睛也注視我，而且口角上漸漸增多了笑影：我知道她一定也是極其愛我的。

「然而我也愛那家裏的，終日坐在窗下慢慢地做針線的祖母。雖然無論我怎樣高興地在她面前玩笑，叫她，也不能引她歡笑，常使我覺得冷冷地，和別人的祖母們有些不同。但我還愛她。可是到後來，我逐漸疏遠她了；這也並非因為年紀大了，已經知道她不是我父親的生母的緣故，倒是看久了終日終年的做針線，機器似的，自然免不了要發煩。但她卻還是先前一樣，做針線；管理我，也愛護我，雖然少見笑容，卻也不加呵斥。直到我父親去世，還是這樣；後來呢，我們幾乎全靠她做針線過活了，自然更這樣，直到我進學堂……。」

燈火銷沉下去了，煤油已經將涸，他便站起，從書架下摸出一個小小的洋鐵壺來添煤油。

「只這一月裏，煤油已經漲價兩次了……。」他旋好了燈頭，慢慢地說。「生活要日見其困難起來。——她後來還是這樣，直到我畢業，有了事做，生活比先前安定些；恐怕還直到她生病，實在打熬不住了，只得躺下的時候罷……。

「她的晚年，據我想，是總算不很辛苦的，享壽也不小了，正無須我來下淚。況且哭的人不是多着麼？連先前竭力欺凌她的人們也哭，至少是臉上很慘然。哈哈！……可是我那時不知怎地，將她的一生縮在眼前了，親手造成孤獨，又放在嘴裏去咀嚼的人的一生。而且覺得這樣的人還很多哩。這些人們，就使我要痛哭，但大半也還是因為我那時太過於感情用事……。

「你現在對於我的意見，就是我先前對於她的意見。然而我的那時的意見，其實也不對的。便是我自己，從略知世事起，就的確逐漸和她疏遠起來了……。」

他沉默了，指間夾着煙卷，低了頭，想着。燈火在微微地發抖。

「呵，人要使死後沒有一個人為他哭，是不容易的事呵。」他自言自語似的說；略略一停，便仰起臉來向我道，「想來你也無法可想。我也還得趕緊尋點事情做……。」

「你再沒有可託的朋友了麼？」我這時正是無法可想，連自己。

「那倒大概還有幾個的，可是他們的境遇都和我差不多……。」

我辭別連殳出門的時候，圓月已經升在中天了，是極靜的夜。

揮毫

註：此畫原收入《都會之音》（上海天馬書店一九三五年九月初版）。

四

山陽的教育事業的狀況很不佳。我到校兩月，得不到一文薪水，只得連煙卷也節省起來。但是學校裏的人們，雖是月薪十五六元的小職員，也沒有一個不是樂天知命的，仗着逐漸打熬成功的銅筋鐵骨，面黃肌瘦地從早辦公一直到夜，其間看見名位較高的人物，還得恭恭敬敬地站起，實在都是不必「衣食足而知禮節」[10]的人民。我每看見這情狀，不知怎的總記起連殳臨別託付我的話來。他那時生計更其不堪了，窘相時時顯露，看去似乎已沒有往時的深沉，知道我就要動身，深夜來訪，遲疑了許久，才吞吞吐吐地說道：

「不知道那邊可有法子想？——便是鈔寫，一月二三十塊錢的也可以的。

[10] 原句應是：「倉廩實而知禮節，衣食足而知榮辱。」出自司馬遷在寫《史記．貨殖列傳》時引用了《管子．牧民》的一段話，後人或以濃縮性語言簡化為「衣食足而知禮節」。

我……。」

我很詫異了，還不料他竟肯這樣的遷就，一時說不出話來。

「我……，我還得活幾天……。」

「那邊去看一看，一定竭力去設法罷。」

這是我當日一口承當的答話，後來常常自己聽見，眼前也同時浮出連殳的相貌，而且吞吞吐吐地說道「我還得活幾天」。到這些時，我便設法向各處推薦一番；但有甚麼效驗呢，事少人多，結果是別人給我幾句抱歉的話，我就給他幾句抱歉的信。到一學期將完的時候，那情形就更加壞了起來。那地方的幾個紳士所辦的《學理週報》上，竟開始攻擊我了，自然是決不指名的，但措辭很巧妙，使人一見就覺得我是在挑剔學潮，連推薦連殳的事，也算是呼朋引類。

我只好一動不動，除上課之外，便關起門來躲着，有時連煙卷的煙鑽出窗隙去，也怕犯了挑剔學潮[11]的嫌疑。連殳的事，自然更是無從說起了。這樣地一直到深冬。

下了一天雪，到夜還沒有止，屋外一切靜極，靜到要聽出靜的聲音來。我在小小的燈火光中，閉目枯坐，如見雪花片片飄墜，來增補這一望無際的雪堆；故鄉也準備過年了，人們忙得很；我自己還是一個兒童，在後園的平坦處和一夥小朋友塑雪羅漢。雪羅漢的眼睛是用兩塊小炭嵌出來的，顏色很黑，這一閃動，便變了連殳的眼睛。

「我還得活幾天！」仍是這樣的聲音。

「為甚麼呢？」我無端地這樣問，立刻連自己也覺得可笑了。

這可笑的問題使我清醒，坐直了身子，點起一枝煙卷來；推窗一望，雪果然下得更大了。聽得有人叩門；不一會，一個人走進來，但是聽熟的客寓雜役的腳步。他推開我的房門，交給我一封六寸多長的信，字跡很潦草，然而一瞥便認出

(11) 一九二五年五月，北京女子師範大學的學生反對學校當局釀成學潮，學校教授分成二派，一派以陳西瀅教授為主，支持校長楊蔭榆；魯迅等六位教授卻發表了支持學生的宣言。陳西瀅於同月出刊的《現代評論》第一卷第二十五期發表的《閒話》中指責魯迅等是「暗中挑剔風潮」。魯迅在小說中順勢借用此語，暗諷陳西瀅文句不通。

「魏緘」兩個字，是連殳寄來的。

這是從我離開S城以後他給我的第一封信。我知道他疏懶，本不以杳無消息為奇，但有時也頗怨他不給一點消息。待到接了這信，可又無端地覺得奇怪了，慌忙拆開來。裏面也用了一樣潦草的字體，寫着這樣的話：

「申飛……。

「我稱你甚麼呢？我空着。你自己願意稱甚麼，你自己添上去罷。我都可以的。

「別後共得三信，沒有覆。這原因很簡單：我連買郵票的錢也沒有。

「你或者願意知道些我的消息，現在簡直告訴你罷：我失敗了。先前，我自以為是失敗者，現在知道那並不，現在才真是失敗者了。先前，還有人願意我活幾天，我自己也還想活幾天的時候，活不下去；現在，大可以無須了，然而要活下去……。

「然而就活下去麼？

「願意我活幾天的，自己就活不下去。這人已被敵人誘殺了。誰殺的呢？誰

三等售票處

註：此畫原收入《子愷漫畫》（上海開明書店一九二六年一月初版）。

也不知道。

「人生的變化多麼迅速呵！這半年來，我幾乎求乞了，實際，也可以算得已經求乞。然而我還有所為，我願意為此求乞，為此凍餒，為此寂寞，為此辛苦。但滅亡是不願意的。你看，有一個願意我活幾天的，那力量就這麼大。然而現在是沒有了，連這一個也沒有了。同時，我自己也覺得不配活下去；別人呢？也不配的。同時，我自己又覺得偏要為不願意我活下去的人們而活下去；好在願意我好好地活下去的已經沒有了，再沒有誰痛心。使這樣的人痛心，我是不願意的。然而現在是沒有了，連這一個也沒有了。快活極了，舒服極了；我已經躬行我先前所憎惡，所反對的一切，拒斥我先前所崇仰，所主張的一切了。我已經真的失敗，——然而我勝利了。

「你以為我發了瘋麼？你以為我成了英雄或偉人了麼？不，不的。這事情很簡單；我近來已經做了杜師長的顧問，每月的薪水就有現洋八十元了。

「申飛……。

「你將以我為甚麼東西呢，你自己定就是，我都可以的。

「你大約還記得我舊時的客廳罷，我們在城中初見和將別時候的客廳。現在我還用着這客廳。這裏有新的賓客，新的饋贈，新的頌揚，新的鑽營，新的磕頭和打拱，新的打牌和猜拳，新的冷眼和噁心，新的失眠和吐血……。

「你前信說你教書很不如意。你願意也做顧問麼？可以告訴我，我給你辦。其實是做門房也不妨，一樣地有新的賓客和新的饋贈，新的頌揚……。

「我這裏下大雪了。你那裏怎樣？現在已是深夜，吐了兩口血，使我清醒起來。記得你竟從秋天以來陸續給了我三封信，這是怎樣的可以驚異的事呵。我必須寄給你一點消息，你或者不至於倒抽一口冷氣罷。

「此後，我大約不再寫信的了，我這習慣是你早已知道的。何時回來呢？倘早，當能相見。——但我想，我們大概究竟不是一路的；那麼，請你忘記我罷。我從我的真心感謝你先前常替我籌劃生計。但是現在忘記我罷；我現在已經『好』了。

連殳。十二月十四日。」

這雖然並不使我「倒抽一口冷氣」，但草草一看之後，又細看了一遍，卻總有些不舒服，而同時可又夾雜些快意和高興；又想，他的生計總算已經不成問題，我的擔子也可以放下了，雖然在我這一面始終不過是無法可想。忽而又想寫一封信回答他，但又覺得沒有話說，於是這意思也立即消失了。

我的確漸漸地在忘卻他。在我的記憶中，他的面貌也不再時常出現。但得信之後不到十天，S城的學理七日報社忽然接續着郵寄他們的《學理七日報》來了。我是不大看這些東西的，不過既經寄到，也就隨手翻翻。這卻使我記起連殳來，因為裏面常有關於他的詩文，如《雪夜謁連殳先生》，《連殳顧問高齋雅集》等等；有一回，《學理閒譚》裏還津津地敍述他先前所被傳為笑柄的事，稱作「逸聞」，言外大有「且夫非常之人，必能行非常之事」(12)的意思。

不知怎地雖然因此記起，但他的面貌卻總是逐漸模胡；然而又似乎和我日加密切起來，往往無端感到一種連自己也莫名其妙的不安和極輕微的震顫。幸而到了秋季，這《學理七日報》就不寄來了；山陽的《學理週刊》上卻又按期登起一篇長論文：〈流言即事實論〉。裏面還說，關於某君們的流言，已在公正士紳間盛傳了。這是專指幾個人的，有我在內；我只好極小心，照例連吸煙卷的煙也謹防飛散。小心是一種忙的苦痛，因此會百事俱廢，自然也無暇記得連殳。總之：我其實已經將他忘卻了。

但我也終於敷衍不到暑假，五月底，便離開了山陽。

五

從山陽到歷城，又到太谷，一總轉了大半年，終於尋不出甚麼事情做，我便又決計回S城去了。到時是春初的下午，天氣欲雨不雨，一切都罩在灰色中；舊寓裏還有空房，仍然住下。在道上，就想起連殳的了，到後，便決定晚飯後去看

(12) 語見司馬遷《史記．司馬相如列傳》：「蓋世必有非常之人，然後有非常之事。有非常之事，然後有非常之功，非常者，固常『人』之所異也。」

不孝父母拜乾爺
註：係豐子愷與其學生吳甲原合作的木刻作品，吳甲原提供題材，豐子愷作畫。此畫原收入《世態畫集》（桂林文光書店一九四四年二月初版）。

他。我提着兩包聞喜[13]名產的煮餅，走了許多潮濕的路，讓道給許多攔路高臥的狗，這才總算到了連殳的門前。裏面彷彿特別明亮似的。我想，一做顧問，連寓裏也格外光亮起來了，不覺在暗中一笑。但仰面一看，門旁卻白白的，分明帖着一張斜角紙[14]。我又想，大良們的祖母死了罷；同時也跨進門，一直向裏面走。

微光所照的院子裏，放着一具棺材，旁邊站一個穿軍衣的兵或是馬弁，還有一個和他談話的，看時卻是大良的祖母；另外還閒站着幾個短衣的粗人。我的心即刻跳起來了。她也轉過臉來凝視我。

「阿呀！您回來了？何不早幾天……。」她忽而大叫起來。

「誰……誰沒有了？」我其實是已經大概知道的了，但還是問。

「魏大人，前天沒有的。」

我四顧，客廳裏暗沉沉的，大約只有一盞燈；正屋裏卻掛着白的孝幃，幾個孩子聚在屋外，就是大良二良們。

「他停在那裏，」大良的祖母走向前，指着說，「魏大人恭喜之後，我把正屋也租給他了；他現在就停在那裏。」

---

〔13〕山西省聞喜縣有名的特產。

〔14〕舊時民間風俗，有人家有喪事，在大門旁斜貼一張白紙，上由陰陽家開具死者年壽及回煞等事，也稱為「殃榜」、「殃書」，紙上寫明死者的性別、年齡，哪些生肖的人入殮時需要避開，以及「殃」和「煞」的種類、日期，提醒有關人等要迴避、避忌等。

孝幃上沒有別的，前面是一張條桌，一張方桌；方桌上擺着十來碗飯菜。我剛跨進門，當面忽然現出兩個穿白長衫的來攔住了，瞪了死魚似的眼睛，從中發出驚疑的光來，釘住了我的臉。我慌忙說明我和連殳的關係，大良的祖母也來從旁證實，他們的手和眼光這才逐漸弛緩下去，默許我近前去鞠躬。

我一鞠躬，地下忽然有人嗚嗚的哭起來了，定神看時，一個十多歲的孩子伏在草薦上，也是白衣服，頭髮剪得很光的頭上還絡着一大綹苧麻絲(15)。

我和他們寒暄後，知道一個是連殳的從堂兄弟，要算最親的了；一個是遠房侄子。我請求看一看故人，他們卻竭力攔阻，說是「不敢當」的。然而終於被我說服了，將孝幃揭起。

這回我會見了死的連殳。但是奇怪！他雖然穿一套皺的短衫褲，大襟上還有血跡，臉上也瘦削得不堪，然而面目卻還是先前那樣的面目，寧靜地閉着嘴，合着眼，睡着似的，幾乎要使我伸手到他鼻子前面，去試探他可是其實還在呼吸着。

一切是死一般靜，死的人和活的人。我退開了，他的從堂兄弟卻又來周旋，說「舍弟」正在年富力強，前程無限的時候，竟遽爾「作古」了，這不但是「衰宗」不幸，也太使朋友傷心。言外頗有替連殳道歉之意；這樣地能說，在山鄉中人是少有的。但此後也就沉默了，一切是死一般靜，死的人和活的人。

我覺得很無聊，怎樣的悲哀倒沒有，便退到院子裏，和大良們的祖母閒談起來。知道入殮的時候是臨近了，只待壽衣送到；釘棺材釘時，「子午卯酉」四生肖是必須躲避的。她談得高興了，說話滔滔地泉流似的湧出，說到他的病狀，說到他生時的情景，也帶些關於他的批評。

「你可知道魏大人自從交運之後，人就和先前兩樣了，臉也抬高起來，氣昂昂的。對人也不再先前那麼迂。你知道，他先前不是像一個啞子，見我是叫老太太的麼？後來就叫『老傢伙』。唉唉，真是有趣。人送他仙居術[16]，他自己是不

(15) 孝男或孝重孫在守靈和送殯時，須披蔴（（用苧蔴做成的蔴冠及蔴衣），作為「重孝」的標誌。

(16) 中藥材白朮之一種，因產於浙江省仙居縣，故得名。

吃的，就摔在院子裏，——就是這地方，——叫道，『老傢伙，你吃去罷。』他交運之後，人來人往，我把正屋也讓給他住了，自己便搬在這廂房裏。他也真是一走紅運，就與眾不同，我們就常常這樣說笑。要是你早來一個月，還趕得上看這裏的熱鬧，三日兩頭的猜拳行令，說的說，笑的笑，唱的唱，做詩的做詩，打牌的打牌……。

「他先前怕孩子們比孩子們見老子還怕，總是低聲下氣的。近來可也兩樣了，能說能鬧，我們的大良們也很喜歡和他玩，一有空，便都到他的屋裏去。他也用種種方法逗着玩；要他買東西，他就要孩子裝一聲狗叫，或者磕一個響頭。哈哈，真是過得熱鬧。前兩月二良要他買鞋，還磕了三個響頭哩，哪，現在還穿着，沒有破呢。」

一個穿白長衫的人出來了，她就住了口。我打聽連殳的病症，她卻不大清楚，只說大約是早已瘦了下去的罷，可是誰也沒理會，因為他總是高高興興的。到一個多月前，這才聽到他吐過幾回血，但似乎也沒有看醫生；後來躺倒了；死去的前三天，就啞了喉嚨，說不出一句話。十三大人從寒石山路遠迢迢地上城來，問他可有存款，他一聲也不響。十三大人疑心他裝出來的，也有人說有些生癆病死的人是要說不出話來的，誰知道呢……。

「可是魏大人的脾氣也太古怪，」她忽然低聲說，「他就不肯積蓄一點，水似的化錢。十三大人還疑心我們得了甚麼好處。有甚麼屁好處呢？他就冤裏冤枉糊裏糊塗地化掉了。譬如買東西，今天買進，明天又賣出，弄破，真不知道是怎麼一回事。待到死了下來，甚麼也沒有，都糟掉了。要不然，今天也不至於這樣地冷靜……。

「他就是胡鬧，不想辦一點正經事。我是想到過的，也勸過他。這麼年紀了，應該成家；照現在的樣子，結一門親很容易；如果沒有門當戶對的，先買幾個姨太太也可以：人是總應該像個樣子的。可是他一聽到就笑起來，說道，『老傢伙，你還是總替別人惦記着這等事麼？』你看，他近來就浮而不實，不把人的好話當好話聽。要是早聽了我的話，現在何至於獨自冷清清地在陰間摸索，至少，也可以聽到幾聲親人的哭聲……。」

一個店夥揹了衣服來了。三個親人便檢出裏衣，走進幃後去。不多久，孝幃揭起了，裏衣已經換好，接着是加外衣。這很出我意外。一條土黃的軍褲穿上了，嵌着很寬的紅條，其次穿上去的是軍衣，金閃閃的肩章，也不知道是甚麼品級，那裏來的品級。到入棺，是連殳很不妥帖地躺着，腳邊放一雙黃皮鞋，腰邊放一柄紙糊的指揮刀，骨瘦如柴的灰黑的臉旁，是一頂金邊的軍帽。

三個親人扶着棺沿哭了一場，止哭拭淚；頭上絡麻線的孩子退出去了，三良也避去，大約都是屬「子午卯酉」之一的。

粗人打起棺蓋來，我走近去最後看一看永別的連殳。

他在不妥帖的衣冠中，安靜地躺着，合了眼，閉着嘴，口角間彷彿含着冰冷的微笑，冷笑着這可笑的死屍。

敲釘的聲音一響，哭聲也同時迸出來。這哭聲使我不能聽完，只好退到院子裏；順腳一走，不覺出了大門了。潮濕的路極其分明，仰看太空，濃雲已經散去，掛着一輪圓月，散出冷靜的光輝。

我快步走着，彷彿要從一種沉重的東西中衝出，但是不能夠。耳朵中有甚麼掙扎着，久之，久之，終於掙扎出來了，隱約像是長嗥，像一匹受傷的狼，當深夜在曠野中嗥叫，慘傷裏夾雜着憤怒和悲哀。

我的心地就輕鬆起來，坦然地在潮濕的石路上走，月光底下。

一九二五年十月十七日畢

《孤獨者》題解：

本篇寫於一九二五年十月十七日，但從未公開發表過，直至《彷徨》結集時才第一次公諸於世。

魯迅的小說內容大都聚焦於二種人：一是農村中的農民，一是城市（主要小縣城）中的知識分子，並經常將重心放在二者之間的思想衝突之間。「孤獨者」——魏連殳是那一個時代的知識分子的縮影。一方面是新與舊的思想之間的格格不入。在世俗人的眼光中，魏連殳是一個怪人；另一方面是在生活的壓迫之下，魏連殳是個讀書人，卻連謀生的「一技之長」都沒有，不管他尋找教職以餬口或做軍閥的「御用文人」，都屬「百無一用是書生」。他的善良、愛心竟成了人家看不起他的笑柄。

小說一開篇的第一句話：「我和魏連殳相識一場，回想起來倒也別致，竟是以送殮始，以送殮終。」以「死」的話題來鋪開故事，又以「死」的治喪來勾勒魏連殳的追求、幻滅及死亡的「生命終結」的過程。在一個文盲率高達百分之九十以上的國度裏，新知識分子雖然是社會發展的新動力，但是生活在一個具有二千多年封建帝制面臨崩潰，向共和國新型社會轉型的歷史轉折關頭，魏連殳本該成為大有作為的風雲人物，卻成為「荷馬史詩」中那個不斷推滾石上陡高的山坡的西西弗斯

(Sisyhus)。

這篇小說謀篇細密，刻劃人物精細，字裏行間有着深刻的寓意。自辛亥革命成功之後，民國肇始，這場產生亞洲第一個民主共和國的新變革卻除了剪掉一條辮子，其他的一切依然如舊。這是魯迅以文學作品向這場「大革命」提出的叩問與質疑。

傷逝

——涓生的手記

淚的伴侶

註：此畫原收入《子愷畫集》（上海開明書店一九二七年二月初版）。

如果我能夠，我要寫下我的悔恨和悲哀，為子君，為自己。

會館[1]裏的被遺忘在偏僻裏的破屋是這樣地寂靜和空虛。時光過得真快，我愛子君，仗着她逃出這寂靜和空虛，已經滿一年了。事情又這麼不湊巧，我重來時，偏偏空着的又只有這一間屋。依然是這樣的破窗，這樣的窗外的半枯的槐樹和老紫藤，這樣的窗前的方桌，這樣的敗壁，這樣的靠壁的板床。深夜中獨自躺在床上，就如我未曾和子君同居以前一般，過去一年中的時光全被消滅，全未有過，我並沒有曾經從這破屋子搬出，在吉兆胡同[2]創立了滿懷希望的小小的家庭。

不但如此。在一年之前，這寂靜和空虛是並不這樣的，常常含着期待；期

(1) 清末、民國時代的都市中，常有各地的同鄉會、同業公會設立和建設會所館舍，供同鄉來城或同業聚會、活動、旅居之用。

(2) 北京等地胡同，一般市民的居地，名字乃為蒙古語發音，此巷名自元代起沿用至其時。

待子君的到來。在久待的焦躁中，一聽到皮鞋的高底尖觸着磚路的清響，是怎樣地使我驟然生動起來呵！於是就看見帶着笑渦的蒼白的圓臉，蒼白的瘦的臂膊，布的有條紋的衫子，玄色的裙。她又帶了窗外的半枯的槐樹的新葉來，使我看見，還有掛在鐵似的老幹上的一房一房的紫白的藤花。

然而現在呢，只有寂靜和空虛依舊，子君卻決不再來了，而且永遠，永遠地！……

子君不在我這破屋裏時，我甚麼也看不見。在百無聊賴中，隨手抓過一本書來，科學也好，文學也好，橫豎甚麼都一樣；看下去，看下去，忽而自己覺得，已經翻了十多頁了，但是毫不記得書上所說的事。只是耳朵卻分外地靈，彷彿聽到大門外一切往來的履聲，從中便有子君的，而且橐橐地逐漸臨近，——但是，往往又逐漸渺茫，終於消失在別的步聲的雜沓中了。我憎惡那不像子君鞋聲的穿布底鞋的長班(3)的兒子，我憎惡那太像子君鞋聲的常常穿着新皮鞋的鄰院的搽雪花膏的小東西！

莫非她翻了車麼？莫非她被電車撞傷了麼？……

我便要取了帽子去看她，然而她的胞叔就曾經當面罵過我。

驀然，她的鞋聲近來了，一步響於一步，迎出去時，卻已經走過紫藤棚下，臉上帶着微笑的酒窩。她在她叔子的家裏大約並未受氣；我的心寧帖了，默默地相視片時之後，破屋裏便漸漸充滿了我的語聲，談家庭專制，談打破舊習慣，談男女平等，談伊孛生[4]，談泰戈爾[5]，談雪萊[6]……。她總是微笑點頭，兩眼裏彌漫着稚氣的好奇的光澤。壁上就釘着一張銅板的雪萊半身像，是從雜誌上裁下來的，是他的最美的一張像。當我指給她看時，她卻只草草一看，便低了頭，似乎不好意思了。這些地方，子君就大概還未脫盡舊思想的束縛，——

---

(3) 清代官員出門時有較固定的隨身僕人，後被沿用稱官府中官員或有錢人家的僕人，為「跟班」或「聽差」。

(4) 今譯易卜生（H.Ibsen, 1828–1906），挪威劇作家。

(5) 泰戈爾（R.Tagore, 1861–1941），印度詩人。一九二四年曾訪中國。著有《新月集》、《飛鳥集》等。

(6) 雪萊（P.B.Shelley, 1792–1822），英國詩人。曾參與愛爾蘭民族獨立運動，因船難溺死於海中。著有《西風的歌》、《雲雀之歌》。

我後來也想，倒不如換一張雪萊淹死在海裏的紀念像或是伊孛生的罷；但也終於沒有換，現在是連這一張也不知那裏去了。

「我是我自己的，他們誰也沒有干涉我的權利！」

這是我們交際了半年，又談起她在這裏的胞叔和在家的父親時，她默想了一會之後，分明地，堅決地，沉靜地說了出來的話。其時是我已經說盡了我的意見，我的身世，我的缺點，很少隱瞞；她也完全了解的了。這幾句話很震動了我的靈魂，此後許多天還在耳中發響，而且說不出的狂喜，知道中國女性，並不如厭世家所說那樣的無法可施，在不遠的將來，便要看見輝煌的曙色的。

送她出門，照例是相離十多步遠；照例是那鯰魚鬚的老東西的臉又緊帖在髒的窗玻璃上了，連鼻尖都擠成一個小平面；到外院，照例又是明晃晃的玻璃窗裏的那小東西的臉，加厚的雪花膏。她目不邪視地驕傲地走了，沒有看見；我驕傲地回來。

「我是我自己的，他們誰也沒有干涉我的權利！」這徹底的思想就在她的腦裏，比我還透澈，堅強得多。半瓶雪花膏和鼻尖的小平面，於她能算甚麼東西呢？

我已經記不清那時怎樣地將我的純真熱烈的愛表示給她。豈但現在，那時的事後便已模胡，夜間回想，早只剩了一些斷片了；同居以後一兩月，便連這些斷片也化作無可追蹤的夢影。我只記得那時以前的十幾天，曾經很仔細地研究過表示的態度，排列過措辭的先後，以及倘或遭了拒絕以後的情形。可是臨時似乎都無用，在慌張中，身不由己地竟用了在電影上見過的方法了。後來一想到，就使我很愧恧，但在記憶上卻偏只有這一點永遠留遺，至今還如暗室的孤燈一般，照見我含淚握着她的手，一條腿跪了下去……。

不但我自己的，便是子君的言語舉動，我那時就沒有看得分明；僅知道她已經允許我了。但也還彷彿記得她臉色變成青白，後來又漸漸轉作緋紅，——沒有見過，也沒有再見的緋紅；孩子似的眼裏射出悲喜，但是夾着驚疑的光，雖然力避我的視線，張皇地似乎要破窗飛去。然而我知道她已經允許我了，沒有知道她怎樣說或是沒有說。

她卻是甚麼都記得：我的言辭，竟至於讀熟了的一般，能夠滔滔背誦；我的舉動，就如有一張我所看不見的影片掛在眼下，敍述得如生，很細微，自然連那使我不願再想的淺薄的電影的一閃。夜闌人靜，是相對溫習的時候了，我常是被質問，被考驗，並且被命複述當時的言語，然而常須由她補足，由她糾正，像一個丁等的學生。

這溫習後來也漸漸稀疏起來。但我只要看見她兩眼注視空中，出神似的凝想着，於是神色越加柔和，笑窩也深下去，便知道她又在自修舊課了，只是我很怕她看到我那可笑的電影的一閃。但我又知道，她一定要看見，而且也非看不可的。

然而她並不覺得可笑。即使我自己以為可笑，甚而至於可鄙的，她也毫不以為可笑。這事我知道得很清楚，因為她愛我，是這樣地熱烈，這樣地純真。

去年的暮春是最為幸福，也是最為忙碌的時光。我的心平靜下去了，但又有別一部份和身體一同忙碌起來。我們這時才在路上同行，也到過幾回公園，最多的是尋住所。我覺得在路上時時遇到探索，譏笑，猥褻和輕蔑的眼光，一不小心，便使我的全身有些瑟縮，只得即刻提起我的驕傲和反抗來支持。她卻是大無畏的，對於這些全不關心，只是鎮靜地緩緩前行，坦然如入無人之境。

尋住所實在不是容易事，大半是被託辭拒絕，小半是我們以為不相宜。起先我們選擇得很苛酷，——也非苛酷，因為看去大抵不像是我們的安身之所；後來，便只要他們能相容了。看了二十多處，這才得到可以暫且敷衍的處所，是吉兆胡同一所小屋裏的兩間南屋；主人是一個小官，然而倒是明白人，自住着正屋和廂房。他只有夫人和一個不到週歲的女孩子，僱一個鄉下的女工，只要孩子不啼哭，是極其安閒幽靜的。

我們的家具很簡單，但已經用去了我的籌來的款子的大半；子君還賣掉了她唯一的金戒指和耳環。我攔阻她，還是定要賣，我也就不再堅持下去了；我知道不給她加入一點股份去，她是住不舒服的。

和她的叔子，她早經鬧開，至於使他氣憤到不再認她做侄女；我也陸續和幾個自以為忠告，其實是替我膽怯，或者竟是嫉妒的朋友絕了交。然而這倒很清靜。每日辦公散後，雖然已近黃昏，車夫又一定走得這樣慢，但究竟還有二人相對的時候。我們先是沉默的相視，接着是放懷而親密的交談，後來又是沉默。大家低頭沉思着，卻並未想着甚麼事。我也漸漸清醒地讀遍了她的身體，她的靈魂，不過三星期，我似乎於她已經更加了解，揭去許多先前以為了解而現在看來卻是隔膜，即所謂真的隔膜了。

子君也逐日活潑起來。但她並不愛花，我在廟會[7]時買來的兩盆小草花，四天不澆，枯死在壁角了，我又沒有照顧一切的閒暇。然而她愛動物，也許是從官太太那裏傳染的罷，不一月，我們的眷屬便驟然加得很多，四隻小油雞，在小院子裏和房主人的十多隻在一同走。但她們卻認識雞的相貌，各知道那一隻是自家的。還有一隻花白的叭兒狗，從廟會買來，記得似乎原有名字，子君卻給它另起了一個，叫作阿隨。我就叫它阿隨，但我不喜歡這名字。

這是真的，愛情必須時時更新，生長，創造。我和子君說起這，她也領會地點點頭。

唉唉，那是怎樣的寧靜而幸福的夜呵！

安寧和幸福是要凝固的，永久是這樣的安寧和幸福。我們在會館裏時，還偶有議論的衝突和意思的誤會，自從到吉兆胡同以來，連這一點也沒有了；我們只在燈下對坐的懷舊譚中，回味那時衝突以後的和解的重生一般的樂趣。

子君竟胖了起來，臉色也紅活了；可惜的是忙。管了家務便連談天的工夫也沒有，何況讀書和散步。我們常說，我們總還得僱一個女工。

這就使我也一樣地不快活，傍晚回來，常見她包藏着不快活的顏色，尤其使我不樂的是她要裝作勉強的笑容。幸而探聽出來了，也還是和那小官太太的暗鬥，導火線便是兩家的小油雞。但又何必硬不告訴我呢？人總該有一個獨立的家庭。這樣的處所，是不能居住的。

我的路也鑄定了，每星期中的六天，是由家到局，又由局到家。在局裏便坐在辦公桌前鈔，鈔，鈔些公文和信件；在家裏是和她相對或幫她生白爐子，煮飯，蒸饅頭。我的學會了煮飯，就在這時候。

但我的食品卻比在會館裏時好得多了。做菜雖不是子君的特長，然而她於此卻傾注着全力；對於她的日夜的操心，使我也不能不一同操心，來算作分甘

(7) 又稱「廟市」，舊時北方中國常以節日或約定俗成之日在寺廟或其附近舉行的「集市」。有擺地攤、表演買賣等。

共苦。況且她又這樣地終日汗流滿面，短髮都黏在腦額上；兩隻手又只是這樣地粗糙起來。

況且還要飼阿隨，飼油雞，……都是非她不可的工作。

我曾經忠告她：我不吃，倒也罷了；卻萬不可這樣地操勞。她只看了我一眼，不開口，神色卻似乎有點淒然；我也只好不開口。然而她還是這樣地操勞。

我所豫期的打擊果然到來。雙十節[8]的前一晚，我呆坐着，她在洗碗。聽到打門聲，我去開門時，是局裏的信差，交給我一張油印的紙條。我就有些料到了，到燈下去一看，果然，印着的就是：

> 奉
>
> 局長諭史涓生着毋庸到局辦事
>
> 秘書處啟　十月九號

這在會館裏時，我就早已料到了；那雪花膏便是局長的兒子的賭友，一定要去添些謠言，設法報告的。到現在才發生效驗，已經要算是很晚的了。其實這在我不能算是一個打擊，因為我早就決定，可以給別人去鈔寫，或者教讀，或者雖然費力，也還可以譯點書，況且《自由之友》的總編輯便是見過幾次的熟人，兩月前還通過信。但我的心卻跳躍着。那麼一個無畏的子君也變了色，尤其使我痛心；她近來似乎也較為怯弱了。

「那算甚麼。哼，我們幹新的。我們……。」她說。

她的話沒有說完；不知怎地，那聲音在我聽去卻只是浮浮的；燈光也覺得格外黯淡。人們真是可笑的動物，一點極微末的小事情，便會受着很深的影響。我們先是默默地相視，逐漸商量起來，終於決定將現有的錢竭力節省，一面登「小廣告」去尋求鈔寫和教讀，一面寫信給《自由之友》的總編輯，說明我目下

(8) 每年新曆十月十日為中華民國政府的國慶日。

的遭遇，請他收用我的譯本，給我幫一點艱辛時候的忙。

「說做，就做罷！來開一條新的路！」

我立刻轉身向了書案，推開盛香油的瓶子和醋碟，子君便送過那黯淡的燈來。我先擬廣告；其次是選定可譯的書，遷移以來未曾翻閱過，每本的頭上都滿漫着灰塵了；最後才寫信。

我很費躊躕，不知道怎樣措辭好，當停筆凝思的時候，轉眼去一瞥她的臉，在昏暗的燈光下，又很見得淒然。我真不料這樣微細的小事情，竟會給堅決的，無畏的子君以這麼顯著的變化。她近來實在變得很怯弱了，但也並不是今夜才開始的。我的心因此更繚亂，忽然有安寧的生活的影像——會館裏的破屋的寂靜，在眼前一閃，剛剛想定睛凝視，卻又看見了昏暗的燈光。

許久之後，信也寫成了，是一封頗長的信；很覺得疲勞，彷彿近來自己也較為怯弱了。於是我們決定，廣告和發信，就在明日一同實行。大家不約而同地伸直了腰肢，在無言中，似乎又都感到彼此的堅忍倔強的精神，還看見從新萌芽起來的將來的希望。

歸途

註：此畫原收入《子愷漫畫》（上海開明書店一九二六年一月初版）。

外來的打擊其實倒是振作了我們的新精神。局裏的生活，原如鳥販子手裏的禽鳥一般，僅有一點小米維繫殘生，決不會肥胖；日子一久，只落得麻痹了翅子，即使放出籠外，早已不能奮飛。現在總算脫出這牢籠了，我從此要在新的開闊的天空中翱翔，趁我還未忘卻了我的翅子的扇動。

小廣告是一時自然

不會發生效力的；但譯書也不是容易事，先前看過，以為已經懂得的，一動手，卻疑難百出了，進行得很慢。然而我決計努力地做，一本半新的字典，不到半月，邊上便有了一大片烏黑的指痕，這就證明着我的工作的切實。《自由之友》的總編輯曾經說過，他的刊物是決不會埋沒好稿子的。

可惜的是我沒有一間靜室，子君又沒有先前那麼幽靜，善於體帖了，屋子裏總是散亂着碗碟，彌漫着煤煙，使人不能安心做事，但是這自然還只能怨我自己無力置一間書齋。然而又加以阿隨，加以油雞們。加以油雞們又大起來了，更容易成為兩家爭吵的引線。

加以每日的「川流不息」的吃飯；子君的功業，彷彿就完全建立在這吃飯中。吃了籌錢，籌來吃飯，還要餵阿隨，飼油雞；她似乎將先前所知道的全都忘掉了，也不想到我的構思就常常為了這催促吃飯而打斷。即使在坐中給看一點怒色，她總是不改變，仍然毫無感觸似的大嚼起來。

使她明白了我的作工不能受規定的吃飯的束縛，就費去五星期。她明白之後，大約很不高興罷，可是沒有說。我的工作果然從此較為迅速地進行，不久就共譯了五萬言，只要潤色一回，便可以和做好的兩篇小品，一同寄給《自由之友》去。只是吃飯卻依然給我苦惱。菜冷，是無妨的，然而竟不夠；有時連飯也不夠，雖然我因為終日坐在家裏用腦，飯量已經比先前要減少得多。這是先去餵了阿隨了，有時還並那近來連自己也輕易不吃的羊肉。她說，阿隨實在瘦得太可憐，房東太太還因此嗤笑我們了，她受不住這樣的奚落。

於是吃我殘飯的便只有油雞們。這是我積久才看出來的，但同時也如赫胥黎[9]的論定「人類在宇宙間的位置」一般，自覺了我在這裏的位置：不過是叭兒狗和油雞之間。

後來，經多次的抗爭和催逼，油雞們也逐漸成為肴饌，我們和阿隨都享用了十多日的鮮肥；可是其實都很瘦，因為它們早已每日只能得到幾粒高粱了。

(9) 赫胥黎（T.Huxley, 1825-1895）英國生物學家。著有《宇宙中人類的位置》（今譯為：《人類在自然界的位置》），乃宣傳「進化論」的重要著作。

從此便清靜得多。只有子君很頹唐，似乎常覺得淒苦和無聊，至於不大願意開口。我想，人是多麼容易改變呵！

但是阿隨也將留不住了。我們已經不能再希望從甚麼地方會有來信，子君也早沒有一點食物可以引它打拱或直立起來。冬季又逼近得這麼快，火爐就要成為很大的問題；它的食量，在我們其實早是一個極易覺得的很重的負擔。於是連它也留不住了。

倘使插了草標(10)到廟市去出賣，也許能得幾文錢罷，然而我們都不能，也不願這樣做。終於是用包袱蒙着頭，由我帶到西郊去放掉了，還要追上來，便推在一個並不很深的土坑裏。

我一回寓，覺得又清靜得多多了；但子君的淒慘的神色，卻使我很吃驚。那是沒有見過的神色，自然是為阿隨。但又何至於此呢？我還沒有說起推在土坑裏的事。

到夜間，在她的淒慘的神色中，加上冰冷的分子了。

「奇怪。——子君，你怎麼今天這樣兒了？」我忍不住問。

「甚麼？」她連看也不看我。

「你的臉色……。」

「沒有甚麼，——甚麼也沒有。」

我終於從她言動上看出，她大概已經認定我是一個忍心的人。其實，我一個人，是容易生活的，雖然因為驕傲，向來不與世交來往，遷居以後，也疏遠了所有舊識的人，然而只要能遠走高飛，生路還寬廣得很。現在忍受着這生活壓迫的苦痛，大半倒是為她，便是放掉阿隨，也何嘗不如此。但子君的識見卻似乎只是淺薄起來，竟至於連這一點也想不到了。

我揀了一個機會，將這些道理暗示她；她領會似的點頭。然而看她後來的情形，她是沒有懂，或者是並不相信的。

天氣的冷和神情的冷，逼迫我不能在家庭中安身。但是往那裏去呢？大道

(10) 舊時，集市中有窮人也將僕人或子女插上草標，像商品一樣被人撿揀，討價、還價，成交後被買走。

上，公園裏，雖然沒有冰冷的神情，冷風究竟也刺得人皮膚欲裂。我終於在通俗圖書館裏覓得了我的天堂。

那裏無須買票；閱書室裏又裝着兩個鐵火爐。縱使不過是燒着不死不活的煤的火爐，但單是看見裝着它，精神上也就總覺得有些溫暖。書卻無可看：舊的陳腐，新的是幾乎沒有的。

好在我到那裏去也並非為看書。另外時常還有幾個人，多則十餘人，都是單薄衣裳，正如我，各人看各人的書，作為取暖的口實。這於我尤為合式。道路上容易遇見熟人，得到輕蔑的一瞥，但此地卻決無那樣的橫禍，因為他們是永遠圍在別的鐵爐旁，或者靠在自家的白爐邊的。

那裏雖然沒有書給我看，卻還有安閒容得我想。待到孤身枯坐，回憶從前，這才覺得大半年來，只為了愛，——盲目的愛，——而將別的人生的要義全盤疏忽了。第一，便是生活。人必生活着，愛才有所附麗。世界上並非沒有為了奮鬥者而開的活路；我也還未忘卻翅子的扇動，雖然比先前已經頹唐得多……。

屋子和讀者漸漸消失了，我看見怒濤中的漁夫，戰壕中的兵士，摩托車[11]

中的貴人，洋場上的投機家，深山密林中的豪傑，講台上的教授，昏夜的運動者和深夜的偷兒……。子君，——不在近旁。她的勇氣都失掉了，只為着阿隨悲憤，為着做飯出神；然而奇怪的是倒也並不怎樣瘦損……。

冷了起來，火爐裏的不死不活的幾片硬煤，也終於燒盡了，已是閉館的時候。又須回到吉兆胡同，領略冰冷的顏色去了。近來也間或遇到溫暖的神情，但這卻反而增加我的苦痛。記得有一夜，子君的眼裏忽而又發出久已不見的稚氣的光來，笑着和我談到還在會館時候的情形，時時又很帶些恐怖的神色。我知道我近來的超過她的冷漠，已經引起她的憂疑來，只得也勉力談笑，想給她一點慰藉。然而我的笑貌一上臉，我的話一出口，卻即刻變為空虛，這空虛又即刻發生反響，回向我的耳目裏，給我一個難堪的惡毒的冷嘲。

子君似乎也覺得的，從此便失掉了她往常的麻木似的鎮靜，雖然竭力掩飾，

(11) 舊時小汽車很少，北京人統稱為摩托車，與今之摩托車所專指有別。

總還是時時露出憂疑的神色來，但對我卻溫和得多了。

我要明告她，但我還沒有敢，當決心要說的時候，看見她孩子一般的眼色，就使我只得暫且改作勉強的歡容。但是這又即刻來冷嘲我，並使我失卻那冷漠的鎮靜。

她從此又開始了往事的溫習和新的考驗，逼我做出許多虛偽的溫存的答案來，將溫存示給她，虛偽的草稿便寫在自己的心上。我的心漸被這些草稿填滿了，常覺得難於呼吸。我在苦惱中常常想，說真實自然須有極大的勇氣的；假如沒有這勇氣，而苟安於虛偽，那也便是不能開闢新的生路的人。不獨不是這個，連這人也未嘗有！

子君有怨色，在早晨，極冷的早晨，這是從未見過的，但也許是從我看來的怨色。我那時冷冷地氣憤和暗笑了；她所磨練的思想和豁達無畏的言論，到底也還是一個空虛，而對於這空虛卻並未自覺。她早已甚麼書也不看，已不知道人的生活的第一着是求生，向着這求生的道路，是必須攜手同行，或奮身孤往的了，倘使只知道搥着一個人的衣角，那便是雖戰士也難於戰鬥，只得一同滅亡。

我覺得新的希望就只在我們的分離；她應該決然捨去，——我也突然想到她的死，然而立刻自責，懺悔了。幸而是早晨，時間正多，我可以說我的真實。我們的新的道路的開闢，便在這一遭。

我和她閒談，故意地引起我們的往事，提到文藝，於是涉及外國的文人，文人的作品：《諾拉》，《海的女人》(12)。稱揚諾拉的果決……。也還是去年在會館的破屋裏講過的那些話，但現在已經變成空虛，從我的嘴傳入自己的耳中，時時疑心有一個隱形的壞孩子，在背後惡意地刻毒地學舌。

她還是點頭答應着傾聽，後來沉默了。我也就斷續地說完了我的話，連餘音都消失在虛空中了。

「是的。」她又沉默了一會，說，「但是，……涓生，我覺得你近來很兩樣了。可是的？你，——你老實告訴我。」

(12) 通譯《娜拉》（又譯作《玩偶之家》）、《海的女人》，今譯為《海的夫人》，都是易卜生的著名劇作。

公園僻處

註：此畫原收入《豐子愷畫存》（天津民國日報社一九四八年三月初版）。

我覺得這似乎給了我當頭一擊，但也立即定了神，說出我的意見和主張來：新的路的開闢，新的生活的再造，為的是免得一同滅亡。

臨末，我用了十分的決心，加上這幾句話：

「……況且你已經可以無須顧慮，勇往直前了。你要我老實說；是的，人是不該虛偽的。我老實說罷：因為，因為我已經不愛你了！但這於你倒好得多，因為你更可以毫無掛念地做事……。」

我同時豫期着大的變故的到來，然而只有沉默。她臉色陡然變成灰黃，死了似的；瞬間便又蘇生，眼裏也發了稚氣的閃閃的光澤。這眼光射向四處，正如孩子在飢渴中尋求着慈愛的母親，但只在空中尋求，恐怖地迴避着我的眼。

我不能看下去了，幸而是早晨，我冒着寒風徑奔通俗圖書館。

在那裏看見《自由之友》，我的小品文都登出了。這使我一驚，彷彿得了一點生氣。我想，生活的路還很多，——但是，現在這樣也還是不行的。

我開始去訪問久已不相聞問的熟人，但這也不過一兩次；他們的屋子自然是暖和的，我在骨髓中卻覺得寒冽。夜間，便蜷伏在比冰還冷的冷屋中。

冰的針刺着我的靈魂，使我永遠苦於麻木的疼痛。生活的路還很多，我也還沒有忘卻翅子的扇動，我想。——我突然想到她的死，然而立刻自責，懺悔了。

在通俗圖書館裏往往瞥見一閃的光明，新的生路橫在前面。她勇猛地覺悟了，毅然走出這冰冷的家，而且，——毫無怨恨的神色。我便輕如行雲，漂浮空際，上有蔚藍的天，下是深山大海，廣廈高樓，戰場，摩托車，洋場，公館，晴明的鬧市，黑暗的夜……。

而且，真的，我豫感得這新生面便要來到了。

我們總算度過了極難忍受的冬天，這北京的冬天；就如蜻蜓落在惡作劇的壞孩子的手裏一般，被繫着細線，盡情玩弄，虐待，雖然幸而沒有送掉性命，結果也還是躺在地上，只爭着一個遲早之間。

寫給《自由之友》的總編輯已經有三封信，這才得到回信，信封裏只有兩張書券：兩角的和三角的。我卻單是催，就用了九分的郵票，一天的飢餓，又都白挨給於己一無所得的空虛了。

然而覺得要來的事，卻終於來到了。

這是冬春之交的事，風已沒有這麼冷，我也更久地在外面徘徊；待到回家，大概已經昏黑。就在這樣一個昏黑的晚上，我照常沒精打采地回來，一看見寓所的門，也照常更加喪氣，使腳步放得更緩。但終於走進自己的屋子裏了，沒有燈火；摸火柴點起來時，是異樣的寂寞和空虛！

正在錯愕中，官太太便到窗外來叫我出去。

「今天子君的父親來到這裏，將她接回去了。」她很簡單地說。

這似乎又不是意料中的事，我便如腦後受了一擊，無言地站着。

「她去了麼？」過了些時，我只問出這樣一句話。

「她去了。」

「她，——她可說甚麼？」

「沒說甚麼。單是託我見你回來時告訴你，說她去了。」

我不信；但是屋子裏是異樣的寂寞和空虛。我遍看各處，尋覓子君；只見幾件破舊而黯淡的家具，都顯得極其清疏，在證明着它們毫無隱匿一人一物的能力。我轉念尋信或她留下的字跡，也沒有；只是鹽和乾辣椒，麵粉，半株白菜，卻聚集在一處了，旁邊還有幾十枚銅元。這是我們兩人生活材料的全副，現在她就鄭重地將這留給我一個人，在不言中，教我借此去維持較久的生活。

我似乎被周圍所排擠，奔到院子中間，有昏黑在我的周圍；正屋的紙窗上映出明亮的燈光，他們正在逗着孩子玩笑。我的心也沉靜下來，覺得在沉重的迫壓中，漸漸隱約地現出脫走的路徑：深山大澤，洋場，電燈下的盛筵；壕溝，最黑最黑的深夜，利刃的一擊，毫無聲響的腳步……。

心地有些輕鬆，舒展了，想到旅費，並且噓一口氣。

躺着，在合着的眼前經過的豫想的前途，不到半夜已經現盡；暗中忽然彷彿看見一堆食物，這之後，便浮出一個子君的灰黃的臉來，睜了孩子氣的眼睛，懇託似的看着我。我一定神，甚麼也沒有了。

但我的心卻又覺得沉重。我為甚麼偏不忍耐幾天，要這樣急急地告訴她真話的呢？現在她知道，她以後所有的只是她父親——兒女的債主——的烈日一般的嚴威和旁人的賽過冰霜的冷眼。此外便是虛空。負着虛空的重擔，在嚴威和冷眼中走着所謂人生的路，這是怎麼可怕的事呵！而況這路的盡頭，又不過是——連墓碑也沒有的墳墓。

我不應該將真實說給子君，我們相愛過，我應該永久奉獻她我的說謊。如果真實可以寶貴，這在子君就不該是一個沉重的空虛。謊語當然也是一個空虛，然而臨末，至多也不過這樣地沉重。

我以為將真實說給子君，她便可以毫無顧慮，堅決地毅然前行，一如我們將要同居時那樣。但這恐怕是我錯誤了。她當時的勇敢和無畏是因為愛。

我沒有負着虛偽的重擔的勇氣，卻將真實的重擔卸給她了。她愛我之後，就要負了這重擔，在嚴威和冷眼中走着所謂人生的路。

我想到她的死……。我看見我是一個卑怯者，應該被擯於強有力的人們，無論是真實者，虛偽者。然而她卻自始至終，還希望我維持較久的生活……。

我要離開吉兆胡同，在這裏是異樣的空虛和寂寞。我想，只要離開這裏，子君便如還在我的身邊；至少，也如還在城中，有一天，將要出乎意表地訪我，像住在會館時候似的。

然而一切請託和書信，都是一無反響；我不得已，只好訪問一個久不問候的世交去了。他是我伯父的幼年的同窗，以正經出名的拔貢[13]，寓京很久，交遊也廣闊的。

大概因為衣服的破舊罷，一登門便很遭門房的白眼。好容易才相見，也還相識，但是很冷落。我們的往事，他全都知道了。

「自然，你也不能在這裏了，」他聽了我託他在別處覓事之後，冷冷地說，「但那裏去呢？很難。——你那，甚麼呢，你的朋友罷，子君，你可知道，她死了。」

我驚得沒有話。

「真的？」我終於不自覺地問。

「哈哈。自然真的。我家的王升的家，就和她家同村。」

「但是，——不知道是怎麼死的？」

「誰知道呢。總之是死了就是了。」

我已經忘卻了怎樣辭別他，回到自己的寓所。我知道他是不說謊話的；子君總不會再來的了，像去年那樣。她雖是想在嚴威和冷眼中負着虛空的重擔來走所謂人生的路，也已經不能。她的命運，已經決定她在我所給與的真實——無愛的人間死滅了！

自然，我不能在這裏了；但是，「那裏去呢？」

四圍是廣大的空虛，還有死的寂靜。死於無愛的人們的眼前的黑暗，我彷彿一一看見，還聽得一切苦悶和絕望的掙扎的聲音。

---

(13) 清代科舉制度中的「貢生」中的一種，清廷規定每六年（後改為十二年）從「文行兼優」的秀才中選拔出優才，保送到京師，貢入國子監，稱為「拔貢」。

我還期待着新的東西到來，無名的，意外的。但一天一天，無非是死的寂靜。

我比先前已經不大出門，只坐臥在廣大的空虛裏，一任這死的寂靜侵蝕着我的靈魂。死的寂靜有時也自己戰慄，自己退藏，於是在這絕續之交，便閃出無名的，意外的，新的期待。

一天是陰沉的上午，太陽還不能從雲裏面掙扎出來；連空氣都疲乏着。耳中聽到細碎的步聲和咻咻的鼻息，使我睜開眼。大致一看，屋子裏還是空虛；但偶然看到地面，卻盤旋着一匹小小的動物，瘦弱的，半死的，滿身灰土的……。

我一細看，我的心就一停，接着便直跳起來。

那是阿隨。它回來了。

我的離開吉兆胡同，也不單是為了房主人們和他家女工的冷眼，大半就為着這阿隨。但是，「那裏去呢？」新的生路自然還很多，我約略知道，也間或依稀看見，覺得就在我面前，然而我還沒有知道跨進那裏去的第一步的方法。

經過許多回的思量和比較，也還只有會館是還能相容的地方。依然是這樣的破屋，這樣的板床，這樣的半枯的槐樹和紫藤，但那時使我希望，歡欣，愛，生活的，卻全都逝去了，只有一個虛空，我用真實去換來的虛空存在。

新的生路還很多，我必須跨進去，因為我還活着。但我還不知道怎樣跨出那第一步。有時，彷彿看見那生路就像一條灰白的長蛇，自己蜿蜒地向我奔來，我等着，等着，看看臨近，但忽然便消失在黑暗裏了。

初春的夜，還是那麼長。長久的枯坐中記起上午在街頭所見的葬式，前面是紙人紙馬，後面是唱歌一般的哭聲。我現在已經知道他們的聰明了，這是多麼輕鬆簡截的事。

然而子君的葬式卻又在我的眼前，是獨自負着虛空的重擔，在灰白的長路上前行，而又即刻消失在周圍的嚴威和冷眼裏了。

我願意真有所謂鬼魂，真有所謂地獄，那麼，即使在孽風怒吼之中，我也將尋覓子君，當面說出我的悔恨和悲哀，祈求她的饒恕；否則，地獄的毒燄將圍繞我，猛烈地燒盡我的悔恨和悲哀。

我將在孽風和毒燄中擁抱子君，乞她寬容，或者使她快意……。

但是，這卻更虛空於新的生路；現在所有的只是初春的夜，竟還是那麼長。

我活着，我總得向着新的生路跨出去，那第一步，——卻不過是寫下我的悔恨和悲哀，為子君，為自己。

我仍然只有唱歌一般的哭聲，給子君送葬，葬在遺忘中。

我要遺忘；我為自己，並且要不再想到這用了遺忘給子君送葬。

我要向着新的生路跨進第一步去，我要將真實深深地藏在心的創傷中，默默地前行，用遺忘和說謊做我的前導……。

一九二五年十月二十一日畢

《傷逝》題解：

本文寫作於一九二五年十月，與魯迅的他篇小說不同，在收入本書之前從未在報刊、雜誌上發表。

《傷逝》是繼《幸福的家庭》之後所寫的有關一對青年男女從追求愛情的自由到分手的過程，藉男主人公涓生的「獨白」的方式來寫出的對逝去的子君的愛與悔恨交織的思念。五四運動所帶來的新思想曾經極大地衝擊了二千多年來的舊封建禮制，在知識青年中也流行與追求擺脫舊家庭的家長制的「終身大事，由與父母、上輩決定的」的束縛，女主角子君說的：「我是我自己的，他們誰也沒有干涉我的權利」，這一句話就代表了當年許多青年男女的決心與抱負。然而，在強大的舊勢力面前，由於經濟上不能獨立，涓生與子君的感情終於破裂，子君回到舊家中去，在憂鬱中病逝。魯迅以這種「獨白」的私語來表現男主人公的意識流心理活動，從他的回想中寫出一般平常人的愛情悲劇，其思想的深邃可與《吶喊》的開篇《狂人日記》相對照。用這樣的形式的獨語手法來寫小說，在當時的文壇上也是很新穎的。可以參考魯迅的雜文〈娜拉走後怎麼樣？〉。

弟兄

冬暖

註：此書原收入《雲霓》（上海天馬書店一九三五年四月初版）。

公益局一向無公可辦，幾個辦事員在辦公室裏照例的談家務。秦益堂捧着水煙筒咳得喘不過氣來，大家也只得住口。久之，他抬起紫漲着的臉來了，還是氣喘吁吁的，說：

「到昨天，他們又打起架來了，從堂屋一直打到門口。我怎麼喝也喝不住。」他生着幾根花白鬍子的嘴唇還抖着。「老三說，老五折在公債票上的錢是不能開公賬的，應該自己賠出來……。」

「你看，還是為錢，」張沛君就慷慨地從破的躺椅上站起來，兩眼在深眼眶裏慈愛地閃爍。「我真不解自家的弟兄何必這樣斤斤計較，豈不是橫豎都一樣？……」

「像你們的弟兄，那裏有呢。」益堂說。

「我們就是不計較，彼此都一樣。我們就將錢財兩字不放在心上。這麼一來，甚麼事也沒有了。有誰家鬧着要分的，我總是將我們的情形告訴他，勸他們不要計較。益翁也只要對令郎開導開導……。」

「那～～～～裏……。」益堂搖頭說。

「這大概也怕不成。」汪月生說，於是恭敬地看着沛君的眼，「像你們的弟兄，實在是少有的；我沒有遇見過。你們簡直是誰也沒有一點自私自利的心思，這就不容易……。」

「他們一直從堂屋打到大門口……。」益堂說。

「令弟仍然是忙？……」月生問。

「還是一禮拜十八點鐘功課，外加九十三本作文，簡直忙不過來。這幾天可是請假了，身熱，大概是受了一點寒……。」

「我看這倒該小心些，」月生鄭重地說。「今天的報上就說，現在時症流行……。」

「甚麼時症呢？」沛君吃驚了，趕忙地問。

「那我可說不清了。記得是甚麼熱罷。」

沛君邁開步就奔向閱報室去。

「真是少有的，」月生目送他飛奔出去之後，向着秦益堂讚嘆着。「他們兩個人就像一個人。要是所有的弟兄都這樣，家裏那裏還會鬧亂子。我就學不

兄弟

註：此畫原收入《子愷近作漫畫集》（成都普益圖書館一九四一年十月初版）。

來……。」

「說是折在公債票上的錢不能開公賬……。」益堂將紙煤子插在紙煤管子[1]裏，恨恨地說。

辦公室中暫時的寂靜，不久就被沛君的步聲和叫聽差的聲音震破了。他彷彿已經有甚麼大難臨頭似的，說話有些口吃了，聲音也發着抖。他叫聽差打電話給普悌思普大夫，請他即刻到同興公寓張沛君那裏去看病。

月生便知道他很着急，因為向來知道他雖然相信西醫，而進款不多，平時也節省，現在卻請的是這裏第一個有名而價貴的醫生。於是迎了出去，只見他臉色青青的站在外面聽聽差打電話。

「怎麼了？」

「報上說……說流行的是猩……猩紅熱。我我午後來局的時，靖甫就是滿臉通紅……。已經出門了麼？請……請他們打電話找，請他即刻來，同興公寓，同興公寓……。」

他聽聽差打完電話，便奔進辦公室，取了帽子。汪月生也代為着急，跟了進去。

「局長來時，請給我請假，說家裏有病人，看醫生……。」他胡亂點着頭，說。

「你去就是。局長也未必來。」月生說。

但是他似乎沒有聽到，已經奔出去了。

他到路上，已不再較量車價如平時一般，一看見一個稍微壯大，似乎能走的車夫，問過價錢，便一腳跨上車去，道，「好。只要給我快走！」

公寓卻如平時一般，很平安，寂靜；一個小夥計仍舊坐在門外拉胡琴。他走進他兄弟的臥室，覺得心跳得更利害，因為他臉上似乎見得更通紅了，而且發喘。他伸手去一摸他的頭，又熱得炙手。

(1) 為了點煙用的火種紙縒，掛在水煙槍側面的筒子中，不用時就插在筒裏，要點煙時就從筒子中拔出，吹燃為明火以點燃煙草。

沒有制服的兩兄弟

註：此畫原收入《幼幼畫集》（上海兒童書局一九四七年七月初版）。

「不知道是甚麼病？不要緊罷？」靖甫問，眼裏發出憂疑的光，顯係他自己也覺得不尋常了。

「不要緊的，……傷風罷了。」他支梧着回答說。

他平時是專愛破除迷信的，但此時卻覺得靖甫的樣子和說話都有些不祥，彷彿病人自己就有了甚麼豫感。這思想更使他不安，立即走出，輕輕地叫了夥計，使他打電話去問醫院：可曾找到了普大夫？

「就是啦，就是啦。還沒有找到。」夥計在電話口邊說。

沛君不但坐不穩，這時連立也不穩了；但他在焦急中，卻忽而碰着了一條生路：也許並不是猩紅熱。然而普大夫沒有找到，……同寓的白問山雖然是中醫，或者於病名倒還能斷定的，但是他曾經對他說過好幾回攻擊中醫的話：況且追請普大夫的電話，他也許已經聽到了……。

然而他終於去請白問山。

白問山卻毫不介意，立刻戴起玳瑁邊墨晶眼鏡，同到靖甫的房裏來。他診過脈，在臉上端詳一回，又翻開衣服看了胸部，便從從容容地告辭。沛君跟在後面，一直到他的房裏。

他請沛君坐下，卻是不開口。

「問山兄，舍弟究竟是……？」他忍不住發問了。

「紅斑痧。你看他已經『見點』了。」

「那麼，不是猩紅熱？」沛君有些高興起來。

「他們西醫叫猩紅熱，我們中醫叫紅斑痧。」

這立刻使他手腳覺得發冷。

「可以醫麼？」他愁苦地問。

「可以。不過這也要看你們府上的家運。」

他已經糊塗得連自己也不知道怎樣竟請白問山開了藥方，從他房裏走出；但當經過電話機旁的時候，卻又記起普大夫來了。他仍然去問醫院，答說已經找到了，可是很忙，怕去得晚，須待明天早晨也說不定的。然而他還叮囑他要今天一定到。

他走進房去點起燈來看，靖甫的臉更覺得通紅了，的確還現出更紅的點子，眼瞼也浮腫起來。他坐着，卻似乎所坐的是針氈；在夜的漸就寂靜中，在他的翹望中，每一輛汽車的汽笛的呼嘯聲更使他聽得分明，有時竟無端疑為普大夫的汽車，跳起來去迎接。但是他還未走到門口，那汽車卻早經駛過去了；惘然地回身，經過院落時，見皓月已經西升，鄰家的一株古槐，便投影地上，森森然更來加濃了他陰鬱的心地。

突然一聲烏鴉叫。這是他平日常常聽到的；那古槐上就有三四個烏鴉窠。但他現在卻嚇得幾乎站住了，心驚肉跳地輕輕地走進靖甫的房裏時，見他閉了眼躺着，滿臉彷彿都見得浮腫；但沒有睡，大概是聽到腳步聲了，忽然張開眼來，那兩道眼光在燈光中異樣地悽愴地發閃。

「信麼？」靖甫問。

「不，不。是我。」他吃驚，有些失措，吃吃地說，「是我。我想還是去請一個西醫來，好得快一點。他還沒有來……。」

靖甫不答話，合了眼。他坐在窗前的書桌旁邊，一切都靜寂，只聽得病人的急促的呼吸聲，和鬧鐘的札札地作響。忽而遠遠地有汽車的汽笛發響了，使他的心立刻緊張起來，聽它漸近，漸近，大概正到門口，要停下了罷，可是立刻聽出，

西法牙科

註：此畫原收入《都會之音》（上海天馬書店一九三五年九月初版）。

駛過去了。這樣的許多回，他知道了汽笛聲的各樣：有如吹哨子的，有如擊鼓的，有如放屁的，有如狗叫的，有如鴨叫的，有如牛吼的，有如母雞驚啼的，有如嗚咽的……。他忽而怨憤自己：為甚麼早不留心，知道，那普大夫的汽笛是怎樣的聲音的呢？

對面的寓客還沒有回來，照例是看戲，或是打茶圍[2]去了。但夜卻已經很深了，連汽車也逐漸地減少。強烈的銀白色的月光，照得紙窗發白。

他在等待的厭倦裏，身心的緊張慢慢地弛緩下來了，至於不再去留心那些汽笛。但凌亂的思緒，卻又乘機而起；他彷彿知道靖甫生的一定是猩紅熱，而且是不可救的。那麼，家計怎麼支持呢，靠自己一個？雖然住在小城裏，可是百物也昂貴起來了……。自己的三個孩子，他的兩個，養活尚且難，還能進學校去讀書麼？只給一兩個讀書呢，那自然是自己的康兒最聰明，——然而大家一定要批評，

(2) 舊時對去妓院裏飲茶，與妓女打情罵俏的行為的俗稱。

說是薄待了兄弟的孩子……。

後事怎麼辦呢，連買棺木的款子也不夠，怎麼能夠運回家，只好暫時寄頓在義莊[3]裏……。

忽然遠遠地有一陣腳步聲進來，立刻使他跳起來了，走出房去，卻知道是對面的寓客。

「先帝爺，在白帝城……。」[4]

他一聽到這低微高興的吟聲，便失望，憤怒，幾乎要奔上去叱罵他。但他接着又看見夥計提着風雨燈，燈光中照出後面跟着的皮鞋，上面的微明裏是一個高大的人，白臉孔，黑的絡腮鬍子。這正是普悌思。

他像是得了寶貝一般，飛跑上去，將他領入病人的房中。兩人都站在床面前，他擎了洋燈，照着。

「先生，他發燒……。」沛君喘着說。

「甚麼時候，起的？」普悌思兩手插在褲側的袋子裏，凝視着病人的臉，慢慢地問。

「前天。不，大……大大前天。」

普大夫不作聲，略略按一按脈，又叫沛君擎高了洋燈，照着他在病人的臉上端詳一回；又叫揭去被臥，解開衣服來給他看。看過之後，就伸出手指在肚子上去一摩。

「Measles……」普悌思低聲自言自語似的說。

「疹子麼？」他驚喜得聲音也似乎發抖了。

「疹子。」

「就是疹子？……」

---

(3) 舊時代中，那些在外地做官或經商人去世之後，依舊俗應將屍體入殮於棺木之後送返家鄉，沿途有以慈善、公益名義供其寄存靈柩的地方稱為「義莊」。

(4) 這是京劇《失街亭》中諸葛亮的一句唱詞。先帝爺是諸葛亮對已逝的劉備的稱呼，劉備在彝陵戰役中為吳國的陸遜所擊打敗，死於白帝城（在今四川省奉節縣東）。

「痧子。」

「你原來沒有出過痧子？……」

他高興地剛在問靖甫時，普大夫已經走向書桌那邊去了，於是也只得跟過去。只見他將一隻腳踏在椅子上，拉過桌上的一張信箋，從衣袋裏掏出一段很短的鉛筆，就桌上颼颼地寫了幾個難以看清的字，這就是藥方。

「怕藥房已經關了罷？」沛君接了方，問。

「明天不要緊。明天吃。」

「明天再看？……」

「不要再看了。酸的，辣的，太鹹的，不要吃。熱退了之後，拿小便，送到我的，醫院裏來，查一查，就是了。裝在，乾淨的，玻璃瓶裏；外面，寫上名字。」

普大夫且說且走，一面接了一張五元的鈔票塞入衣袋裏，一徑出去了。他送出去，看他上了車，開動了，然後轉身，剛進店門，只聽得背後 go: go: 的兩聲，他才知道普悌思的汽車的叫聲原來是牛吼似的。但現在是知道也沒有甚麼用了，他想。

三十六年病裏過

註：載一九四八年一月一日《論語》第一四四期。

病入新年感物華

註：載一九三六年一月一日《論語》第七十九期。

房子裏連燈光也顯得愉悅；沛君彷彿萬事都已做訖，周圍都很平安，心裏倒是空空洞洞的模樣。他將錢和藥方交給跟着進來的夥計，叫他明天一早到美亞藥房去買藥，因為這藥房是普大夫指定的，說惟獨這一家的藥品最可靠。

「東城的美亞藥房！一定得到那裏去。記住：美亞藥房！」他跟在出去的夥計後面，說。

院子裏滿是月色，白得如銀；「在白帝城」的鄰人已經睡覺了，一切都很幽靜。只有桌上的鬧鐘愉快而平匀地札札地作響；雖然聽到病人的呼吸，卻是很調和。他坐下不多久，忽又高興起來。

「你原來這麼大了，竟還沒有出過疹子？」他遇到了甚麼奇跡似的，驚奇地問。

「……………」

「你自己是不會記得的。須得問母親才知道。」

「……………」

「母親又不在這裏。竟沒有出過疹子。哈哈哈！」

沛君在床上醒來時，朝陽已從紙窗上射入，刺着他朦朧的眼睛。但他卻不能即刻動彈，只覺得四肢無力，而且背上冷冰冰的還有許多汗，而且看見床前站着一個滿臉流血的孩子，自己正要去打她。

但這景象一剎那間便消失了，他還是獨自睡在自己的房裏，沒有一個別的人。他解下枕衣來拭去胸前和背上的冷汗，穿好衣服，走向靖甫的房裏去時，只見「在白帝城」的鄰人正在院子裏漱口，可見時候已經很不早了。

靖甫也醒着了，眼睜睜地躺在床上。

「今天怎樣？」他立刻問。

「好些……。」

「藥還沒有來麼？」

「沒有。」

他便在書桌旁坐下，正對着眠床；看靖甫的臉，已沒有昨天那樣通紅了。但自己的頭卻還覺得昏昏的，夢的斷片，也同時閃閃爍爍地浮出：

——靖甫也正是這樣地躺着，但卻是一個死屍。他忙着收殮，獨自揹了一口

流線型

註：載一九三五年十二月六日《申報》。

棺材，從大門外一徑擠到堂屋裏去。地方彷彿是在家裏，看見許多熟識的人們在旁邊交口讚頌……。

——他命令康兒和兩個弟妹進學校去了；卻還有兩個孩子哭嚷着要跟去。他已經被哭嚷的聲音纏得發煩，但同時也覺得自己有了最高的威權和極大的力。他看見自己的手掌比平常大了三四倍，鐵鑄似的，向荷生的臉上一掌批過去……。

他因為這些夢跡的襲擊，怕得想站起來，走出房外去，但終於沒有動。也想將這些夢跡壓下，忘卻，但這些卻像攪在水裏的鵝毛一般，轉了幾個圈，終於非浮上來不可：

——荷生滿臉是血，哭着進來了。他跳在神堂(5)上……。那孩子後面還跟着一群相識和不相識的人。他知道他們是都來攻擊他的……。

——「我決不至於昧了良心。你們不要受孩子的誑話的騙……。」他聽得自己這樣說。

——荷生就在他身邊，他又舉起了手掌……。

他忽而清醒了，覺得很疲勞，背上似乎還有些冷。靖甫靜靜地躺在對面，呼吸雖然急促，卻是很調勻。桌上的鬧鐘似乎更用了大聲札札地作響。

他旋轉身子去，對了書桌，只見蒙着一層塵，再轉臉去看紙窗，掛着的日曆上，寫着兩個漆黑的隸書：廿七。

夥計送藥進來了，還拿着一包書。

「甚麼？」靖甫睜開了眼睛，問。

「藥。」他也從惝怳中覺醒，回答說。

「不，那一包。」

「先不管它。吃藥罷。」他給靖甫服了藥，這才拿起那包書來看，道，「索士寄來的。一定是你向他去借的那一本：《Sesame and Lilies》[6]。」

---

(5) 傳統的中國家庭重視祭拜祖先，每家室中都設有供奉祖先牌位或畫（遺）像的地方，也稱「神龕」，一般設在堂屋的正面，供子孫後代祭拜。強調以「孝」為先的重要場所。

(6)《Sesame and Lilies》中譯為《芝麻和百合》，英國政論家、藝術評論家羅斯金（J. Ruskin, 1819–1900）的演講、論文集。

狹路

註：此畫原收入《人間相》（上海開明書店一九三五年八月初版）。

靖甫伸手要過書去，但只將書面一看，書脊上的金字一摩，便放在枕邊，默默地合上眼睛了。過了一會，高興地低聲說：

「等我好起來，譯一點寄到文化書館去賣幾個錢，不知道他們可要……。」

這一天，沛君到公益局比平日遲得多，將要下午了；辦公室裏已經充滿了秦益堂的水煙的煙霧。汪月生遠遠地望見，便迎出來。

「嚄！來了。令弟痊癒了罷？我想，這是不要緊的；時症年年有，沒有甚麼要緊。我和益翁正惦記着呢；都說：怎麼還不見來？現在來了，好了！但是，你看，你臉上的氣色，多少……。是的，和昨天多少兩樣。」

沛君也彷彿覺得這辦公室和同事都和昨天有些兩樣，生疏了。雖然一切也還是他曾經看慣的東西：斷了的衣鈎，缺口的唾壺，雜亂而塵封的案卷，折足的破躺椅，坐在躺椅上捧着水煙筒咳嗽而且搖頭嘆氣的秦益堂……。

「他們也還是一直從堂屋打到大門口……。」

「所以呀，」月生一面回答他，「我說你該將沛兄的事講給他們，教他們學學他。要不然，真要把你老頭兒氣死了……。」

「老三說，老五折在公債票上的錢是不能算公用的，應該……應該……。」益堂咳得彎下腰去了。

「真是『人心不同』(7)……。」月生說着，便轉臉向了沛君，「那麼，令弟沒有甚麼？」

「沒有甚麼。醫生說是疹子。」

「疹子？是呵，現在外面孩子們正鬧着疹子。我的同院住着的三個孩子也都出了疹子了。那是毫不要緊的。但你看，你昨天竟急得那麼樣，叫旁人看了也不能不感動，這真所謂『兄弟怡怡』(8)。」

「昨天局長到局了沒有？」

「還是『杳如黃鶴』。你去簿子上補畫上一個『到』就是了。」

「說是應該自己賠。」益堂自言自語地說。「這公債票也真害人，我是一點也莫名其妙。你一沾手就上當。到昨天，到晚上，也還是從堂屋一直打到大門口。老三多兩個孩子上學，老五也說他多用了公眾的錢，氣不過……。」

「這真是愈加鬧不清了！」月生失望似的說。「所以看見你們弟兄，沛君，我真是『五體投地』[9]。是的，我敢說，這決不是當面恭維的話。」

沛君不開口，望見聽差的送進一件公文來，便迎上去接在手裏。月生也跟過去，就在他手裏看着，念道：

「『公民郝上善等呈：東郊倒斃無名男屍一具請飭分局速行撥棺抬埋以資衛生而重公益由』。我來辦。你還是早點回去罷，你一定惦記着令弟的病。你們真是『鶺鴒在原』[10]。」

(7) 典出《春秋左傳．襄公三十一年》。

(8)「兄弟怡怡」語見《論語．子路》。怡怡，形容兄弟之間有着和氣、親切的關係。

(9) 以兩膝、兩肘、頭頸伏地為古印度最高敬禮，佛教傳入中國以後以此為禮敬之禮，引申為佩服禮敬的最高儀式，今藏傳佛教中信眾常行此禮。

(10)《詩經．小雅．常棣》：有「脊令在原，兄弟急難」。鶺鴒，原作脊令，一種生活在水邊的小鳥，當它受困處高原時，就以飛鳴喚求同類。據《毛詩正義》詩中以此比喻兄弟一方有難，就要互相救助。

「不！」他不放手，「我來辦。」

月生也就不再去搶着辦了。沛君便十分安心似的沉靜地走到自己的桌前，看着呈文，一面伸手去揭開了綠鏽斑斕的墨盒蓋。

一九二五年十一月三日

《弟兄》題解：

本篇最初發表於一九二六年三月十日出版的北京《莽原》半月刊第三期上，《彷徨》成書時收入其中。

《弟兄》是魯迅小說中一篇很獨特的文章。作者富有感情地描寫了一個兄長為他弟弟突發生病的擔憂，求診訪醫以及如釋重負的心理過程。

有別於那些對時弊、官僚的抨擊及對愚昧落後的中國人的「哀其不幸，怒其不爭」的批評，本篇小說使人想起作者與他的弟弟周作人失和而分家的那場「家變」。魯迅作為周家的長子，在父親早逝之後，獨自承擔起照顧這個大家庭的生活重擔。有論者曾指出：魯迅是個「長子情意結」很濃的人，依筆者看來，應該是「長兄」的情意結很重的人才對。關於周氏昆仲失和之事，長期以來都有不同的爭論。此事發生於一九二三年七月十九日，魯迅幾乎是被「趕出」這個他自己買下來的八道灣大宅，然而對於他弟弟周作人的指責卻不辯一詞，在《魯迅日記》中也着墨不多，只記事實。事隔二年多之後，他才寫出這篇《弟兄》，文中的兄長可以視為他的夫子自道，充滿了對弟弟的深厚之情，或許他們兄弟之間曾發生過這樣的故事，而今以小說表現出來的這種「真性情」，沒有一點怨艾及火藥氣，可以說是描寫同胞兄弟之情的一篇傑出的短制。

離婚

「阿阿，木叔[1]！新年恭喜，發財發財！」

「你好，八三！恭喜恭喜！……」

「唉唉，恭喜！愛姑也在這裏……」

「阿阿，木公公！……」

莊木三和他的女兒——愛姑——剛從木蓮橋頭跨下航船去，船裏面就有許多聲音一齊嗡的叫了起來，其中還有幾個人捏着拳頭打拱；同時，船旁的坐板也空出四人的坐位來了。莊木三一面招呼，一面就坐，將長煙管倚在船邊；愛姑便坐在他左邊，將兩隻鈎刀樣的腳正對着八三擺成一個「八」字。

「木公公上城去？」一個蟹殼臉的問。

「不上城，」木公公有些頹唐似的，但因為紫糖色臉上原有許多皺紋，所以倒也看不出甚麼大變化，「就是到龐莊去走一遭。」

合船都沉默了，只是看他們。

「也還是為了愛姑的事麼？」

漫罵

註：載一九三五年九月十八日《申報》。

(1) 舊俗稱呼那些年紀比自己的父親（即父執輩）小的人為「叔」，以示尊重，雖然沒有血緣關係。

好一會，八三質問了。

「還是為她。……這真是煩死我了，已經鬧了整三年，打過多少回架，說過多少回和，總是不落局……。」

「這回還是到慰老爺家裏去？……」

「還是到他家。他給他們說和也不止一兩回了，我都不依。這倒沒有甚麼。這回是他家新年會親，連城裏的七大人也在……。」

「七大人？」八三的眼睛睜大了。「他老人家也出來說話了麼？……那是……。其實呢，去年我們將他們的灶都拆掉了，[2]總算已經出了一口惡氣。況且愛姑回到那邊去，其實呢，也沒有甚麼味兒……。」他於是順下眼睛去。

「我倒並不貪圖回到那邊去，八三哥！」愛姑憤憤地昂起頭，說，「我是賭氣。你想，『小畜生』姘上了小寡婦，就不要我，事情有這麼容易的？『老畜生』只知道幫兒子，也不要我，好容易呀！七大人怎樣？難道和知縣大老爺換帖[3]，就不說人話了麼？他不能像慰老爺似的不通，只說是『走散好走散好』。我倒要對他說說我這幾年的艱難，且看七大人說誰不錯！」

八三被說服了，再開不得口。

只有潺潺的船頭激水聲；船裏很靜寂。莊木三伸手去摸煙管，裝上煙。斜對面，挨八三坐着的一個胖子便從肚兜裏掏出一柄打火刀，打着火絨，給他按在煙斗上。

「對對。」木三點頭說。

「我們雖然是初會，木叔的名字卻是早已知道的。」胖子恭敬地說。「是的，這裏沿海三六十八村，誰不知道？施家的兒子姘上了寡婦，我們也早知道。去年木叔帶了六位兒子去拆平了他家的竈，誰不說應該？……你老人家是高門大戶都走得進的，腳步開闊，怕他們甚的！……」

(2) 紹興等浙江農村舊時流傳一種風俗。當民間發生糾紛時，某一方強行將對方的鍋竈拆掉，這是給對方很大的侮辱。

(3) 舊時代中，朋友間相契相合，義結為異姓兄弟，各人將姓名、籍貫、家世、生辰等項寫在帖子上，然後互相交換保存，稱為「換帖」（兄弟）。

為有眼前障，遂教豎子欺。

註：載一九三六年三月六日《申報》。

「你這位阿叔真通氣，」愛姑高興地說，「我雖然不認識你這位阿叔是誰。」

「我叫汪得貴。」胖子連忙說。

「要撇掉我，是不行的。七大人也好，八大人也好。我總要鬧得他們家敗人亡！慰老爺不是勸過我四回麼？連爹也看得賠貼的錢有點頭昏眼熱了……。」

「你這媽的！」木三低聲說。

「可是我聽說去年年底施家送給慰老爺一桌酒席哩，八公公。」蟹殼臉道。

「那不礙事。」汪得貴說，「酒席能塞得人發昏麼？酒席如果能塞得人發昏，送大菜[4]又怎樣？他們知書識理的人是專替人家講公道話的，譬如，一個人受眾人欺侮，他們就出來講公道話，倒不在乎有沒有酒喝。去年年底我們敝村的榮大爺從北京回來，他見過大場面的，不像我們鄉下人一樣。他就說，那邊的第一個人物要算光太太，又硬……。」

---

(4) 民國時代對西餐的俗稱。

「汪家匯頭[5]的客人上岸哩！」船家大聲叫着，船已經要停下來。

「有我有我！」胖子立刻一把取了煙管，從中艙一跳，隨着前進的船走在岸上了。

「對對！」他還向船裏面的人點頭，說。

船便在新的靜寂中繼續前進；水聲又很聽得出了，潺潺的。八三開始打瞌睡了，漸漸地向對面的鈎刀式的腳張開了嘴。前艙中的兩個老女人也低聲哼起佛號來，她們擷着念珠，又都看愛姑，而且互視，努嘴，點頭。

愛姑瞪着眼看定篷頂，大半正在懸想將來怎樣鬧得他們家敗人亡；「老畜生」，「小畜生」，全都走投無路。慰老爺她是不放在眼裏的，見過兩回，不過一個團頭團腦的矮子：這種人本村裏就很多，無非臉色比他紫黑些。

莊木三的煙早已吸到底，火逼得斗底裏的煙油吱吱地叫了，還吸着。他知道一過汪家匯頭，就到龐莊；而且那村口的魁星閣[6]也確乎已經望得見。龐莊，他到過許多回，不足道的，以及慰老爺。他還記得女兒的哭回來，他的親家和女婿的可惡，後來給他們怎樣地吃虧。想到這裏，過去的情景便在眼前展開，一到懲治他親家這一局，他向來是要冷冷地微笑的，但這回卻不，不知怎的忽而橫梗着一個胖胖的七大人，將他腦裏的局面擠得擺不整齊了。

船在繼續的寂靜中繼續前進；獨有念佛聲卻宏大起來；此外一切，都似乎陪着木叔和愛姑一同浸在沉思裏。

「木叔，你老上岸罷，龐莊到了。」

木三他們被船家的聲音警覺時，面前已是魁星閣了。

他跳上岸，愛姑跟着，經過魁星閣下，向着慰老爺家走。朝南走過三十家門面，再轉一個彎，就到了，早望見門口一列地泊着四隻烏篷船。

他們跨進黑油大門時，便被邀進門房去；大門後已經坐滿着兩桌船夫和長

---

(5) 多條小溪、河流與主流交匯處，就有船埠渡頭，汪家是以這渡頭（碼頭）經營者名其處的。

(6) 文廟中有供奉魁星的閣樓。魁星是中國古代天文學中的「二十八宿」之一的奎星。漢朝人的緯書《孝經援神契》中有「奎主文昌」之說，後人所以有「獨佔魁頭」的說法，用來稱譽科舉考試中的第一名。

年。愛姑不敢看他們，只是溜了一眼，倒也並不見有「老畜生」和「小畜生」的蹤跡。

當工人搬出年糕湯來時，愛姑不由得越加局促不安起來了，連自己也不明白為甚麼。「難道和知縣大老爺換帖，就不說人話麼？」她想。「知書識理的人是講公道話的。我要細細地對七大人說一說，從十五歲嫁過去做媳婦的時候起……。」

她喝完年糕湯；知道時機將到。果然，不一會，她已經跟着一個長年，和她父親經過大廳，又一彎，跨進客廳的門檻去了。

客廳裏有許多東西，她不及細看；還有許多客，只見紅青緞子馬掛發閃。在這些中間第一眼就看見一個人，這一定是七大人了。雖然也是團頭團腦，卻比慰老爺們魁梧得多；大的圓臉上長着兩條細眼和漆黑的細髯鬚；頭頂是禿的，可是那腦殼和臉都很紅潤，油光光地發亮。愛姑很覺得稀奇，但也立刻自己解釋明白了：那一定是擦着豬油的。

「這就是『屁塞』[7]，就是古人大殮的時候塞在屁股眼裏的。」七大人正拿着一條爛石似的東西，說着，又在自己的鼻子旁擦了兩擦，接着道，「可惜是『新坑』。倒也可以買得，至遲是漢。你看，這一點是『水銀浸』(8)……。」

「水銀浸」周圍即刻聚集了幾個頭，一個自然是慰老爺；還有幾位少爺們，因為被威光壓得像癟臭蟲了，愛姑先前竟沒有見。

她不懂後一段話；無意，而且也不敢去研究甚麼「水銀浸」，便偷空向四處一看望，只見她後面，緊挨着門旁的牆壁，正站着「老畜生」和「小畜生」。雖然只一瞥，但較之半年前偶然看見的時候，分明都見得蒼老了。

接着大家就都從「水銀浸」周圍散開；慰老爺接過「屁塞」，坐下，用指頭摩挲着，轉臉向莊木三說話。

(7) 古時風俗，達官貴人死後須用小玉、石等塞於死者的口、耳、鼻、肛門等處，以圖保護屍體長久不腐爛。塞在肛門的叫「屁塞」。後人盜墓或發掘時出土的金銀器、玉石等物，剛出土或出土不久的叫「新坑」。

(8) 王侯大殮時，常以水銀粉遍塗在屍體上，以期保持永久不腐朽，而殯葬的金、玉等物，因浸染有水銀的斑點，年代一久，這些斑點又稱為「水銀浸（沁）」。

「就是你們兩個麼？」

「是的。」

「你的兒子一個也沒有來？」

「他們沒有工夫。」

「本來新年正月又何必來勞動你們。但是，還是只為那件事，……我想，你們也鬧得夠了。不是已經有兩年多了麼？我想，冤仇是宜解不宜結的。愛姑既然丈夫不對，公婆不喜歡……。也還是照先前說過那樣：走散的好。我沒有這麼大面子，說不通。七大人是最愛講公道話的，你們也知道。現在七大人的意思也這樣：和我一樣。可是七大人說，兩面都認點晦氣罷，叫施家再添十塊錢：九十元！」

「…………」

「九十元！你就是打官司打到皇帝伯伯跟前，也沒有這麼便宜。這話只有我們的七大人肯說。」

七大人睜起細眼，看着莊木三，點點頭。

愛姑覺得事情有些危急了，她很怪平時沿海的居民對他都有幾分懼怕的自己

餛飩擔

註：此畫原收入《雲霓》（上海天馬書店一九三五年四月初版）。

的父親，為甚麼在這裏竟說不出話。她以為這是大可不必的；她自從聽到七大人的一段議論之後，雖不很懂，但不知怎的總覺得他其實是和藹近人，並不如先前自己所揣想那樣的可怕。

「七大人是知書識理，頂明白的；」她勇敢起來了。「不像我們鄉下人。我是有冤無處訴；倒正要找七大人講講。自從我嫁過去，真是低頭進，低頭出，一禮不缺。他們就是專和我作對，一個個都像個『氣殺鍾馗』[9]。那年的黃鼠狼咬死了那匹大公雞，那裏是我沒有關好嗎？那是那隻殺頭癩皮狗偷吃糠拌飯，拱開了雞櫥門。那『小畜生』不分青紅皂白，就夾臉一嘴巴……。」

七大人對她看了一眼。

「我知道那是有緣故的。這也逃不出七大人的明鑒；知書識理的人甚麼都知道。他就是着了那濫婊子的迷，要趕我出去。我是三茶六禮[10]定來的，花轎抬來的呵！那麼容易嗎？……我一定要給他們一個顏色看，就是打官司也不要緊。縣裏不行，還有府裏呢……。」

「那些事是七大人都知道的。」慰老爺仰起臉來說。「愛姑，你要是不轉頭，沒有甚麼便宜的。你就總是這模樣。你看你的爹多少明白；你和你的弟兄都不像他。打官司打到府裏，難道官府就不會問問七大人麼？那時候是，『公事公辦』，那是，……你簡直……。」

「那我就拚出一條命，大家家敗人亡。」

「那倒並不是拚命的事，」七大人這才慢慢地說了。「年紀青青。一個人總要和氣些：『和氣生財』。對不對？我一添就是十塊，那簡直已經是『天外道理』了。要不然，公婆說『走！』就得走。莫說府裏，就是上海北京，就是外洋，都這樣。你要不信，他就是剛從北京洋學堂裏回來的，自己問他去。」於是轉臉向着一個尖下巴的少爺道，「對不對？」

「的的確確。」尖下巴少爺趕忙挺直了身子，必恭必敬地低聲說。

愛姑覺得自己是完全孤立了；爹不說話，弟兄不敢來，慰老爺是原本幫他們的，七大人又不可靠，連尖下巴少爺也低聲下氣地像一個癟臭蟲，還打「順風鑼」。但她在胡裏胡塗的腦中，還彷彿決定要作一回最後的奮鬥。

「怎麼連七大人……。」她滿眼發了驚疑和失望的光。「是的……。我知道，

---

(9) 據清代樵玉山人所撰《鍾馗捉鬼傳》載道：唐代有名鍾馗者，考取了狀元，但由於相貌醜陋，朝廷打算另選，於是，鍾馗氣得暴跳如雷，自刎而死，故民間有詞：氣殺鍾馗，以此比喻臉色難看，滿面怒容的樣子。

(10) 猶言「明媒正娶」，指舊時代人所謂的正式婚姻。舊俗，娶妻多用茶為聘禮，女子受聘即為「受茶」。六禮：即婚姻成立的正式儀式：納彩、問名、納吉、納徵、請期、親迎等六種儀式。

興奮之群

註：此畫原收入《都會之音》（上海天馬書店一九三五年九月初版）。

我們粗人，甚麼也不知道。就怨我爹連人情世故都不知道，老發昏了。就專憑他們『老畜生』『小畜生』擺佈；他們會報喪似的急急忙忙鑽狗洞，巴結人……。」

「七大人看看，」默默地站在她後面的「小畜生」忽然說話了。「她在大人面前還是這樣。那在家裏是，簡直鬧得六畜不安。叫我爹是『老畜生』，叫我是口口聲聲『小畜生』，『逃生子』[11]。」

「那個『娘濫十十萬人生』的叫你『逃生子』？」愛姑回轉臉去大聲說，便又向着七大人道，「我還有話要當大眾面前說說哩。他那裏有好聲好氣呵，開口『賤胎』，閉口『娘殺』。自從結識了那婊子，連我的祖宗都入起來了。七大人，你給我批評批評，這……。」

她打了一個寒噤，連忙住口，因為她看見七大人忽然兩眼向上一翻，圓臉一

(11) 小雜種之意，與後文的「娘濫十十萬人生」一句所說同，即罵人的話：賤胎、無父之子，云云，參見作者原註1。

仰，細長鬍子圍着的嘴裏同時發出一種高大搖曳的聲音來了。

「來——兮！」七大人說。

她覺得心臟一停，接着便突突地亂跳，似乎大勢已去，局面都變了；彷彿失足掉在水裏一般，但又知道這實在是自己錯。

立刻進來一個藍袍子黑背心的男人，對七大人站定，垂手挺腰，像一根木棍。

全客廳裏是「鴉雀無聲」。七大人將嘴一動，但誰也聽不清說甚麼。然而那男人，卻已經聽到了，而且這命令的力量彷彿又已鑽進了他的骨髓裏，將身子牽了兩牽，「毛骨聳然」似的；一面答應道：

「是。」他倒退了幾步，才翻身走出去。

愛姑知道意外的事情就要到來，那事情是萬料不到，也防不了的。她這時才又知道七大人實在威嚴，先前都是自己的誤解，所以太放肆，太粗鹵了。她非常後悔，不由的自己說：

「我本來是專聽七大人吩咐……。」

全客廳裏是「鴉雀無聲」。她的話雖然微細得如絲，慰老爺卻像聽到霹靂似的了；他跳了起來。

「對呀！七大人也真公平；愛姑也真明白！」他誇讚着，便向莊木三，「老木，那你自然是沒有甚麼說的了，她自己已經答應。我想你紅綠帖[12]是一定已經帶來了的，我通知過你。那麼，大家都拿出來……。」

愛姑見她爹便伸手到肚兜裏去掏東西；木棍似的那男人也進來了，將小烏龜模樣的一個漆黑的扁的小東西[13]遞給七大人。愛姑怕事情有變故，連忙去看莊木三，見他已經在茶几上打開一個藍布包裹，取出洋錢來。

七大人也將小烏龜頭拔下，從那身子裏面倒一點東西在掌心上；木棍似的男人便接了那扁東西去。七大人隨即用那一隻手的一個指頭蘸着掌心，向自己的鼻

(12) 舊時男女訂婚之禮，雙方家長交換的帖子。

(13) 指鼻煙壺，這是一種盛放鼻煙的容器，源於西方。明末清初時傳入中國，時為鼻煙盒。後清代官員開始流行以瑪瑙、陶瓷器、象牙及玻璃等多種材料和製作工藝來製作鼻煙的盛具，成為一種精美的藝術品流傳於世，鼻煙壺遂成一種具觀賞價值的工藝品。

孔裏塞了兩塞，鼻孔和人中立刻黃焦焦了。他皺着鼻子，似乎要打噴嚏。

莊木三正在數洋錢。慰老爺從那沒有數過的一疊裏取出一點來，交還了「老畜生」；又將兩份紅綠帖子互換了地方，推給兩面，嘴裏說道：

「你們都收好。老木，你要點清數目呀。這不是好當玩意兒的，銀錢事情……。」

「呃啾」的一聲響，愛姑明知道是七大人打噴嚏了，但不由得轉過眼去看。只見七大人張着嘴，仍舊在那裏皺鼻子，一隻手的兩個指頭卻撮着一件東西，就是那「古人大殮的時候塞在屁股眼裏的」，在鼻子旁邊摩擦着。

好容易，莊木三點清了洋錢；兩方面各將紅綠帖子收起，大家的腰骨都似乎直得多，原先收緊着的臉相也寬懈下來，全客廳頓然見得一團和氣了。

「好！事情是圓功了。」慰老爺看見他們兩面都顯出告別的神氣，便吐一口氣，說。「那麼，嗡，再沒有甚麼別的了。恭喜大吉，總算解了一個結。你們要走了麼？不要走，在我們家裏喝了新年喜酒去：這是難得的。」

「我們不喝了。存着，明年再來喝罷。」愛姑說。

「謝謝慰老爺。我們不喝了。我們還有事情……。」莊木三，「老畜生」和「小畜生」，都說着，恭恭敬敬地退出去。

「唔？怎麼？不喝一點去麼？」慰老爺還注視着走在最後的愛姑，說。

「是的，不喝了。謝謝慰老爺。」

一九二五年十一月六日

《離婚》題解：

本篇發表於一九二五年十一月二十三日出版的北京《語絲》週刊第五十四期。

「離婚」在民國初時的農村，依然是一個很引人注目的話題。小說寫的是一個被丈夫遺棄的農婦愛姑，因為丈夫姘上了另一個女人而不堪忍受夫家及丈夫的欺壓，想找族中知書識禮的七大人訴苦，討回一些公道，結果還是被那些佔據了鄉村的「管理者」（民國初，鄉村中由宗族長老，鄉紳監管着村中發生的任何有傷風化，不敬祖宗，不孝父母、公婆等事務）袒護她的男人而結終。魯迅以諷刺的筆觸嘲笑了那批所謂的鄉紳、鄉願等「上等人」的居高臨下的嘴臉和平頭百姓畏葸的順民樣子，活脫脫地表現出了這幕鄉村中常見的活喜劇的眾生相。

彷徨——新編繪圖註本

作者　魯迅
繪圖　豐子愷
編註　孫立川

出版　天地圖書有限公司
香港黃竹坑道四十六號
新興工業大廈十一樓（總寫字樓）
電話：2528 3671　傳真：2865 2609
網址：cosmosbooks.com.hk

印刷　亨泰印刷有限公司
柴灣利眾街德景工業大廈十字樓
電話：2896 3687　傳真：2558 1902

發行　聯合新零售（香港）有限公司
香港新界荃灣德士古道二二〇至二四八號
荃灣工業中心十六樓
電話：2150 2100　傳真：2407 3062

出版日期　二〇一七年・七月・初版
二〇二二年・十月・第三版・香港